LÂCHE-LE,
IL TIENDRA TOUT SEUL

DU MÊME AUTEUR

Hors série :

Œuvres complètes :

SAN-ANTONIO

LÂCHE-LE,
IL TIENDRA TOUT SEUL

FLEUVE NOIR

Je ne laisserai pour héritage que mes dépenses.

Les Américaines ont des bouches propres à faire des pipes parce qu'elles mangent beaucoup de club-sandwichs.

Le ciel est trop haut, la terre est trop basse, seul, le comptoir est à la bonne hauteur.

Maurice Sachs est surtout connu par son derrière. Ne dit-on pas « le cul de Sachs » ?

Il y a beaucoup de gens dont la mort me surprend parce que je les croyais décédés depuis longtemps.

Il vaut mieux être honteux de vivre que fier de mourir.

Si je n'étais pas si pressé, je pleurerais.

Quand on dit d'un pétrolier qu'il dégaze, cela ne signifie pas qu'il pète, mais qu'il relâche sa cargaison en pleine mer.

Le ciel du Nord te vient aux mollets.

Albert Benloulou

Méfiez-vous de votre première impression : c'est toujours la meilleure.

La Suisse et ses territoires d'outre-lacs.

Avec quatre cintres à habits accrochés les uns aux autres, je réalise un mobile de Calder.

L'érection du matin n'est guère utilisable.

Rien n'est plus redoutable que la familiarité du con.

Il est des gens dont on oublie l'absence aussi vite que la présence.

De nos jours, pour être pédé il faut se faire pistonner.

Il faudrait instituer la journée braguettes ouvertes.

On n'en finit pas d'être con.

Les pets, c'est comme les enfants : on ne supporte que les siens.

Quand j'étais jeune homme, je pleurais à chaude-pisse.

J'aime trop ma langue pour en apprendre une autre.

Tout compte fait, on ne laisse après soi que des regrets et des enfants.

Si j'avais su qu'il était si facile de mourir, je ne serais pas né.

Comme le disait un vieux fakir de mes amis : place au jeûne.

Au clochard inconnu qui a volé l'un de mes bouquins dans une librairie de l'avenue de Suffren. Avec ma reconnaissance et ma sympathie.

San-A.

Cet ouvrage est la suite de TREMPE TON PAIN DANS LA SOUPE, dont nous vous rappelons ci-après les événements majeurs :

Pamela, fille d'un multimilliardaire U.S., David Grey, se rend en Europe, à bord d'un paquebot de luxe, accompagnée d'une amie de fac, Elnora. Au cours de la traversée, Elnora disparaît et ce mystère n'est pas élucidé.

A son arrivée à Paris, gare du Nord, Pamela, victime d'une bousculade, fait une chute de plusieurs mètres au-dessus des voies. Elle est transportée dans une clinique.

Cet « accident » a eu pour témoin un adolescent, Paul-Robert, voisin de San-Antonio, qui vient se confier au commissaire : alors que la jeune Américaine franchissait une passerelle, entourée de voyageurs pressés, l'un d'eux, après l'avoir saisie par les chevilles, l'a promptement basculée par-dessus la rambarde.

San-A. se rend au chevet de la jeune fille où il rencontre son père, Grey, accompagné de son principal collaborateur, Los Hamouel.

Le commissaire informe le milliardaire que, contrairement aux apparences, sa fille a été le jouet d'une tentative d'assassinat. Le businessman lui confie une petite boîte en or qui devra être remise à Pamela lorsqu'elle sera rétablie.

Soucieux de préserver le jeune Paul-Robert, Sana convainc Félix (l'homme au sexe surdimensionné), de tenir, pour la Presse, le rôle de témoin du pseudo-accident et de servir ainsi d'appât aux tueurs. Mais le piège échoue : l'appartement du vieil homme est mitraillé, il échappe miraculeusement à la mort et les malfrats réussissent à s'enfuir. En guise de consolation, San-Antonio offre à Félix une croisière sur le *Mermoz*.

Coup sur coup, surviennent deux événements : David Grey se tue, en pleine mer d'Irlande, à bord de son Jet privé. Pamela, elle, est assassinée à la clinique.

San-A. regagne Saint-Cloud où l'attend une surprise de taille : Marie-Marie, la Musaraigne si chère à son cœur et qu'il n'a jamais épousée, conscient de sa propre inaptitude à la fidélité. Marie-Marie est de retour, accompagnée d'une adorable fillette de trois ans, Antoinette, et d'une nurse scandinave. L'enfant ressemble comme deux gouttes d'eau à son père : San-Antonio !

Abasourdi, ébloui, celui-ci n'a malheureusement pas le temps de savourer les joies de cette paternité toute neuve car il lui faut, flanqué de Jérémie Blanc et Béru, partir en Floride poursuivre son enquête dans la résidence de David Grey. Sur place, ils apprennent que le milliardaire n'était certainement pas un homme irréprochable et Los Hamouel non plus. Autour du trio les morts tombent comme des mouches, aussi décident-ils de se rapatrier rapidement en France.

Attirés dans un traquenard, ils se réveillent prisonniers et blessés à bord d'un yacht privé. Ils y retrouvent Los Hamouel, Elnora et un certain Mister Blood, *big boss* d'une organisation criminelle internationale. Tout semble perdu mais le commissaire redresse la situation à son avantage, abat Los Hamouel, négocie sa liberté et celle de ses compagnons contre la vie de Mister Blood. Par sécurité, ils emmènent Elnora en otage.

Durant le trajet du retour, Elnora se prend d'une passion irrésistible pour Béru et révèle aux trois amis ce qu'elle sait : Blood, patron de la pègre mondiale associé avec Grey, voulait s'approprier cet empire du crime à son seul profit. Pour parvenir à ses fins il avait suborné Los

Hamouel et sa maîtresse Elnora puis fait assassiner Pamela et son père. Mais Elnora, ignorait tout du boîtier en or confié à San-A. et qui avait durant ces aventures émis sporadiquement des messages incompréhensibles, venus d'on ne sait où.

A Saint-Cloud, San-Antonio est attendri par le spectacle d'Antoinette endormie entre les pattes de Salami. Il ne se doute pas que Mister Blood va bientôt prendre sa revanche, et elle sera terrible !...

L'Éditeur

1

VOGUE LA GALÈRE.

Pantalon gris, veste noire faiblement égayée par la rosette dans l'ordre des palmes Académiques, le visage plus émacié que celui du gentil roi Hussein au lendemain de son décès, le regard atone, la mâchoire dégarnie, la lèvre fripée, le sourcil majuscule, le cheveu rare et fou, la pomme d'Adam isocèle, l'oreille coquillière, la voix chauffée au bain-marie, le vieillard se pencha sur la passagère occupée à lire sur le pont soleil et demanda :

– Puis-je vous importuner un instant, madame ?

L'interpellée abandonna le chevalier de l'Esmouche, au moment précis où celui-ci allait engager vingt centimètres d'acier dans la poitrine du comte de Bellemoniche et leva les yeux. L'importun était un homme mornement septuagénaire, à l'air grave, pour qui respirer devait constituer un effort physique harassant.

Elle se fendit d'une expression urbaine.

– Je vous en prie, murmura-t-elle.

Ladite personne avait habilement négocié avec le demi-siècle venant de s'écouler : elle conservait des formes toujours palpables, un minois agréable et le timbre harmonieux.

Le vieux passager s'inclina et avança vers le nez de la dame son médius droit, sec comme un sarment de vigne.

– Pardonnez-moi, fit-il, pourriez-vous me dire si ce doigt sent quelque chose ?

Surprise, mais coopérante, son interlocutrice huma les trois phalanges qu'on lui proposait et convint qu'elles dégageaient une « certaine odeur ».

– Agréable ou désagréable ? insista le curieux personnage.

Elle hésita poliment et biaisa :

– Particulière.

– A quoi l'apparenteriez-vous ? Répondez franchement, je vous en conjure.

– Mon Dieu, balbutia la femme, c'est si complexe.

– Mais encore ? Diriez-vous qu'il s'agit d'une odeur pénible ?

– Je n'irai pas jusque-là, mettons : assez forte !

– Respirez bien à fond !

Elle le fit, se jugeant incapable de résister aux ordres du chétif vieillard.

— Croyez-vous qu'on puisse s'y habituer ?

— Difficilement, convint-elle non sans courage. Qu'est-ce que c'est ?

Avant de poursuivre, le singulier bonhomme essuya le doigt mis en cause avec la serviette de bain de son interlocutrice.

— Ce médius, madame, je me le suis enfoncé dans l'orifice anal, au mépris d'hémorroïdes contre lesquelles les pommades aux marrons d'Inde ne peuvent plus rien...

Elle eut un haut-le-corps (voire de cœur) et considéra la laide virgule brune tracée sur son linge. Quelque chose ressemblant à de l'épouvante emplissait ses yeux limpides.

— Mais, monsieur ! glabouilla la malheureuse.

Le scatologue eut un sourire furtif et indulgent.

— Je sais combien je vous choque, fit-il. C'est dans ma nature de pratiquer l'outrance dans un monde qui s'anémie et tombe en déliquescence. Ceci n'est qu'un préambule agressif destiné à vous préparer au plus merveilleux des « pires ».

« Depuis dix jours, madame, je vous observe, vous étudie et me forge une opinion quant à votre personnalité. Habituellement, peu me chaut mon semblable. Le fait que nous séjournions de concert sur la même planète, lui et moi, m'indiffère résolument. Rares sont les exceptions. Et voilà que vous en constituez une, madame Demeuil. »

– Vous connaissez mon nom ! sursauta-t-elle.

– Logique, puisque vous m'intéressez.

Il récita :

– Valérie Demeuil, née Simplon, château de « Bougies Mortes » à Poitraille, Orne. Vous êtes restée célibataire après une mésaventure sexuelle avec un maçon italien ayant habité votre région quelque temps. Une cruelle fausse couche a marqué ces relations. Il vous a fallu quelques années pour surmonter votre chagrin.

« Par la suite, vous devîntes la maîtresse du docteur Foutrasse qui dirigeait l'hôpital du pays. Votre liaison a duré plus de vingt ans, période au bout de laquelle ce praticien est décédé d'un accident de voiture. Vous vous employâtes alors à consoler sa veuve qui participait, avec brio, à vos ébats amoureux.

« Depuis lors vous demeurez fidèle à la mémoire du médecin ; mais l'ennui vous ronge, chère passagère. Vous savez que dans un laps de temps réduit, votre corps, toujours ravissant, va désarmer ; que votre beauté va s'étioler dans des remugles de deuil illicite. Cette croisière ne vous apporte pas ce que vous en attendiez confusément. Suivant l'exemple de la chauve-souris qui se suspend la tête en bas, les ailes en linceul, vous pendez de votre mélancolie en quête du dessèchement inévitable. »

Il se tut.

Une mousse grise marquait ses commissures.

Son interlocutrice, très pâle, le considérait avec effarement.

– Comment savez-vous toutes ces choses? finit-elle par s'enquérir.

– On apprend toujours ce qu'il faut savoir des gens éveillant votre curiosité, fit le bizarre bonhomme. J'ai décidé de vous arracher à votre torpeur morbide. Non! Ne vous méprenez pas: je n'ai pas la prétention de pouvoir vous séduire; mais coucher avec vous constituerait une thérapie efficace.

Son bref sourire réapparut lorsqu'il constata la surprise outragée de Mme Demeuil.

– Calmez-vous! enjoignit le vieillard, j'en ai presque terminé. Laissez-moi achever, en vous efforçant de croire que je ne suis pas fou.

« M'étant consacré à l'étude de votre personne, je sais que vous disposez d'un sexe anormalement large où de petites bites se perdraient. La faute en est à votre créateur certes, mais surtout à ce fichu Transalpin du début, au membre carabiné. Le bougre vous a rendue béante, ma pauvre amie, c'est pourquoi je vous propose mes services. »

Il s'interrompit pour fouiller l'une de ses poches, en sortit une photographie, format carte postale, reproduisant un pénis en érection.

– Ma verge, présenta modestement le bateleur. Probablement l'une des plus belles d'Europe : 46 centimètres hors tout et 16 de circonférence. Je suis dans mon genre un phénomène.

« Si l'expérience vous tente, rendez-moi visite à l'heure de la nuit qui vous agréera. Le numéro de ma cabine figure au dos de l'image ; mon nom est Félix Galochard.

« Mes respectueux hommages, madame. »

2

O NUIT, QU'IL EST PROFOND
TON SILENCE !

Cette strophe fameuse me vient à l'esprit car je ne dors pas. Hier, j'ai reconnu Antoinette. Deux signatures sur un registre, le tour était joué. A présent je suis authentiquement père, avec ce que cela comporte de droits et, surtout, de devoirs.

Comme un fait exprès (disait grand-mère), Marie-Marie a dû, *this morning*, prendre un vol pour Stockholm. Couillerie dans son école de langues : un prof est canné soudainement. Sa présence chez les blondinets n'était pas différable. Je l'ai conduite à l'aéroport en cachant ma joie, car elle nous a laissé « ma fille ». Plus exactement, elle l'a confiée à m'man et à la nurse, ce qui fait que j'en ai l'usufruit.

C'est fou ce qu'elle me rend barge, cette mouflette. Si je m'écoutais, je laisserais quimper le labeur et passerais le reste de ma vie à la regarder pousser ! Inouï, ce qui m'échoit ! Un seul être vous arrive et tout est repeuplé.

Bourré de pensées comme un sac de sherpa l'est de crème solaire, je rallume ma loupiote de chevet, afin de lire quelques pages du *book* dont je me prémunis automatiquement. Je crois n'avoir jamais passé une nuit sans un livre à portée d'insomnie.

Mes lectures nocturnes varient peu : c'est Dostoïevski, Céline, Steinbeck, ou de vieux fascicules des *Pieds nickelés* dont papa raffolait. Présentement, pour mes pannes de dorme, je dispose du dernier Troyat sur les tsarines. C'est un écrivain que j'ai toujours bien aimé, sans doute parce qu'il sait se montrer passionnant sans jamais faire chier le lecteur ?

J'entends geindre les lames du parquet dans le couloir. Quelqu'un s'arrête devant ma porte et toque.

— Entrez !

On fait choir la bobinette et Selma, la nurse suédoise de ma fille, insère sa face brique et ses tifs couleur d'étoupe dans l'encadrement.

— Je déranger ? articule cette dame du Nord avec un sourire semblable au sexe d'une jument sur le point de mettre bas.

— Antoinette est malade ? m'alarmé-je.

— *Nein* ! Elle dormir.

Rassuré, je m'informe de l'objet de sa visite. Lors, la grande femme entre et referme ma lourde. Elle porte une chemise de noye en soie et dentelle dans les rose-jambon. Là-dessous, des flotteurs gros comme des balises portuaires.

La septentrionale personne a une serviette de toilette roulée sous le bras gauche. Elle la dépose sur mon lit avec une application chirurgicale et tire mon vieux fauteuil voltaire de façon à le placer perpendiculairement à ma couche.

Je la regarde agir, intrigué. Je suis toujours au plumzingue dans une attitude popularisée par la mère Récamier ou, du moins, par son peintre.

La nurse se comporte comme si je n'étais pas là. Elle déroule son linge nid-d'abeilles, découvrant une lampe électrique et un objet de même dimension. A considérer la chose de plus près, je réalise qu'il s'agit d'un godemiché de force 4 sur l'échelle des prothèses phalliques. Elle actionne la torche, me la tend et, sans marquer la moindre gêne, éteint ma lampe de chevet. Qu'après quoi, elle remonte les pans floconneux de son vêtement de nuit jusqu'au nombril, s'installe dans le fauteuil et écarte les jambes profusionnellement.

— Éclairagez-moi ! ordonne-t-elle.

Je braque (c'est le mot juste) le faisceau sur sa trogne.

— Non ! Davantage bas ! renaude la surprenante Scandinave.

J'obéis. Sa cramouille, tu jurerais une photo aérienne du Grand Canyon coloradesque.

Faisant fi de la moindre gêne, la nurse enquille l'instrument dans ses dédales et profondeurs jusqu'à la garde, puis actionne un menu contacteur. L'engin se prend à vibrer et trépider pire qu'un marteau-piqueur de terrassier. Elle le maintient en place d'une main sûre, se met à gémir, puis à onomatopéser en trémoussant du bide et des cuisseaux. Ses nichemards en folie lui battent le poitrail comme la charge d'un âne bâté fouette les flancs de l'animal.

La prothèse semble animée d'une frénésie. Elle s'enfonce en ronronnant dans l'intéressée. Le moteur s'étouffe tel celui d'un hors-bord par gros temps. L'énorme cul de la Suédoise glisse du fauteuil; n'a plus que les omoplates sur le siège. Sa nouvelle posture est celle d'un pont transbordeur. Elle râloche en postillonnant de la bouche et du castor. Yeux révulsés, kif ceux des petites filles qu'on exorcise dans les films d'épouvante. Une scène puissante! Et tellement inattendue! Cette femme du Nord, en feu! Banquise incendiée! Blaouffant pis qu'un évier débouché à l'acide chlorhydrique! De quoi prendre peur!

Et voilage-t-il pas qu'elle se croit sur un *green* de golf? Veut changer de trou, en pleine fantasia! Passe à l'étage du dessous. L'introït! *Delicatessen!* Ya bon Banania.

Des spasmes! Une longue plainte comme une corde d'ukulélé pincée à l'infini. Puis, halètement de machine haut le pied, époque Zola.

Bêbête humaine. Chavirade. Les bras lui en tombent. Elle catalepse dans mon fauteuil voltaire (François Marie Arouet dit), gode planté entre ses miches.

Objets inanimés avez-vous donc une âme ?

Agonisante de *too much*, elle est, Selma. Moniche écumante, son braque plastique dans le fion puisque tout-terrain. Heureuse d'un formide panard qu'elle ne doit qu'à elle-même : self-service du radada ! La félicité en chlorure de vinyle ! Gloire à notre époque sans limites !

Un long chapelet de minutes s'égrène.

Profond soupir de notre Scandinave engodée. Geste fantomal pour retirer de son corps le corps du délit. Elle pète, normal : l'appel d'air. Rallume ma lampe, me dépossède de la sienne. La remet avec son amant perpétuellement disponible dans la serviette. Sort de mon espace vital sans proférer...

Si ce n'était la vilaine tache virgulant mon siège, je penserais que j'ai rêvé.

Au matin, j'appellerai Marie-Marie pour lui demander de changer de nurse ; je n'ai pas envie que ma fille soit élevée par une névropathe.

Le sommeil tarde. Mais, tant crier Noël qu'il vient !

Un proche hurlement me secoue.

Je jaillis de mon pucier avec une impétuosité de sperme, déboule dans le vestibule, avise la branleuse sur le pas de sa chambre. Elle se comprime la laiterie à deux mains. Sa figure couleur de brûlure au second degré est convulsée, ses fanaux myosotis sont remplis de rien, mais intensément.

M'man, alertée, se pointe du rez, suivie de la bonne espanche.

Le guignol en torche, je fonce jusqu'à la chambre de Selma. L'écarte d'un coup de hanche. M'approche du petit lit d'Antoinette.

Tu le sais, mon lecteur infiniment fidèle et compatissant, j'en ai vu des coups foireux au long de ma légendaire carrière qui sera contée un jour par le maître verrier chargé de remplacer les vitraux de Notre-Dame. M'en est arrivé des sacs de nœuds, bien foireux, pas à prendre avec des pincettes. Mais une chose pareille !

Depuis que le monde décrit un trois cent soixante degrés sur son axe, elle ne s'était encore jamais produite ou alors j'en avais pas entendu causer.

Toi, avec ta cartésianerie proverbiale, tu supputes déjà. T'imagines, à la vitesse du spermatozoïde se ruant sur l'ovaire avide de fécondation, des trucs classiques et terribles, genre : elle est morte ! Elle a une maladie éruptive, que sais-je...

Complètement à côté de la plaque, *amigo mio.*

La réalité, tu la veux ?

Antoinette n'est plus dans son lit !

Bon, ça aussi tu l'envisageais, sagace comme je te sais. Mais attends la suite.

A sa place, se trouve un mignon petit garçon de son âge, à la peau olivâtre et aux yeux de jais ; on lui devine des origines sud-américaines ou avoisinantes.

Félicie qui m'a rejoint, blêmit, ferme les yeux et tombe à genoux. Son élan de ferveur est tel qu'il paraît figer l'univers entier.

Le bambin me mate avec indifférence.

— Comment t'appelles-tu ? lui demandé-je doucement.

Il ne répond pas. Je réitère ma question en espagnol : c'est du kif au même. J'essaie l'italien, l'anglais, l'arabe, l'allemand : zobinche ! Au bout de peu je réalise qu'il est sourd-muet, le pauvre être !

Me tourne alors vers la grosse salope à manche.

— Que s'est-il passé ?

C'est pas beau une vieille vache rouge quand elle est pâle : ça ressemble vite à une engelure suppurante. Elle me certifie n'avoir rien vu, rien entendu. Après la séance de son et lumière sur sa cropole, elle est revenue se pieuter. L'enfant dormait, elle n'a même pas eu besoin de la border.

La substitution s'est opérée pendant qu'elle extravaguait du sensoriel dans ma piaule, cette infâme de chiasse, sûr et certain.

Je relève m'man avec précaution. La malheureuse est dans un état pitoyable. Dolente, elle si énergique ; pis que blafarde, d'un blanc crayeux. Les veines de ses tempes composent un étrange bleu sombre sous sa peau ridée.

– Antoinette ? chuchote-t-elle si bas que je l'entends davantage avec mon amour qu'avec mes oreilles.

A cette minute, je suis une larve éperdue. Impuissante ! Ça surtout : impuissante...

La tendre chérie pose un regard sur moi dont les moindres fibres frémissent. Il contient tout : son désespoir, sa tristesse de me voir pratiquer un tel métier, déclencheur d'abominations.

Je lui débite des mots, n'importe lesquels, susceptibles de l'apaiser. Lui dis que je suis là, que j'arrangerai les choses, que la présence de ce moutard inconnu constitue une sorte de gage. Si les ravisseurs voulaient faire du mal à la petite, ils ne l'auraient pas troquée contre un autre enfant.

Curieusement, je me rassure en la rassurant et reprends espoir. Une sombre énergie m'arrive au quadruple galop !

En avant, Sana ! Sus à l'ennemi !

Je quitte la chambre après avoir, d'un signe, ordonné à la bonne de s'occuper de m'man.

Elle affirmative en coulant un long regard sur l'échancrure sud de mon pyjama, ce qui lui permet de constater mon appartenance forcenée au sexe masculin.

Mais pour elle, c'est du déjà vu.

Je descends téléphoner dans le salon afin d'être seul. Une nouvelle commotion m'y attend : Salami gît sur le tapis, les pattes en double « n », comme dans le mot étrennes. Il a les yeux clos, un bout de langue sorti, et ses flancs sont immobiles.

M'agenouillant auprès de lui, je le palpe. Ça bat. Pas Byzance, néanmoins c'est régulier dans la lenteur. Je constate alors que l'aiguille d'une seringue est restée fichée dans ses poils, au défaut de l'épaule. Mais bordel à cul, comment a-t-on pu perpétrer toutes ces magouilles sous notre toit en si peu de temps ?

Flottant, je vais décrocher le biniou.

Ramadé me dit que Jérémie n'est pas *at home* because un appel d'urgence émanant de Bérurier. Je mercibeaucoupabientôtmonchou et sonne chez le Mastard. Ça répond à retardement. Au moment où je commence à fatiguer du poignet, un organe caverneux jette un « j'écoute » qui foutrait la queue entre les jambes à un berger allemand.

– Qui est à l'appareil ? m'enquiers-je.

– Vous d'abord ! s'emporte le correspondant.

– San-Antonio, directeur technique de la P.J. ! tonné-je-t-il.

Du coup, changement à oreille !

– Oh ! pardon, faites escuse. Ici le brigadier Durond !

Je connais vaguement ce zigus, sur les rives de la retraite, muté de commissariat en commissariat au gré de ses inactivités.

– Passez-moi Béru ! lancé-je rudement.

– C'est que...

– Que quoi ????

On est en train de l'interroger.

– Pardon ?

– Suite au drame survenu dans son appartement.

– Quel drame ?

– Une jeune Américaine avec laquelle ils faisaient ménage à trois, lui et sa femme, s'est jetée par la fenêtre dans la cour de l'immeuble.

– Quoi ?

– Les voisins ont entendu gueuler toute la nuit et y a plein de vaisselle cassée partout.

– J'arrive !

Je raccroche, ébranlé par cette succession de drames. Mister Blood [1], qui dirige la pègre amerloque, est à la hauteur de sa sombre réputation.

_____
1. Cf : *Trempe ton pain dans la soupe.*

A cette seconde, je prends la décision de lui faire payer cher les crimes qu'il vient de commettre.

Il ne s'agit pas de vengeance. C'est bien plus intense, plus implacable.

3

PERLES A REBOURS.

Le brigadier Durond devait me guetter, car la lourde palière des Bérurier est entrouverte. La voix retentissante du Gros roule dans la cage d'escadrin comme les eaux d'un torrent dans les gorges pyrénéennes. Elle tonne :

– Dis donc, Maussane, prends-moi pas pour un con, j' t' prille ! A quoi c'eusse servi qu' j' fasse un' carrière exemplairiforme dans la Rousse pour qu'un commissaire d' quartier qui téte encor' sa mère vient m' suspicionner d'avoir buté un' maîtresse adorerée !

Explosion de la grosse Bertha :

– Écoutez-le ! Écoutez c' sagouin ! Il avoue qu'il l'aimait sa salope d'Amerloque ! R'tenez-moi si vous voudrez pas qu' j' casse c't' horloge marbrière su' sa sale gueule !

Organe temporisateur de Jérémie :

– Calmez-vous, Berthe ! Ne compliquez pas les choses.

L'emportement de la Gravosse enfle dans les paroxysmes :

— Moi, j'complique les choses ? De quoi y s' mêle, ce tas d' suie ! Des jours, qu' mon homme tire un' pute étasunienne dans not' prop' lit, m'obligeant même à y carrer toute ma main dans la moulasse tandis qu'il y ramone le couloir aux lentilles avec sa chopine de taureau ! Allant jusqu'à me lui faire bouffer son triangle de panne et lécher ses cabochons à travers son soutif ! J' veuille bien tout c' qu'on voudra, mais faut pas m' pousser au pire ! Sinon j' voye rouge !

— C'est parce que vous avez vu rouge que cette personne a été défenestrée ? interroge le commissaire Maussane.

Silence bref et stupéfait de la gorgone.

— Qu'est-ce vous entendez par là, commissaire ?

— Il est à peu près certain que cette dame ne s'est pas suicidée : quelqu'un l'a précipitée par cette fenêtre !

— Et vous croirerez qu' c'est moi ? Non mais la carburation s' fait pas bien dans vot' tronche ! Cette pétasse ! J'aurais léché les roustons d' mon homme du temps qu'il l'enfilait grand veneur, elle m'aurait goinfré la babasse n'au cours de ses enculades avec Béru, tout ça pour que je devinsse assassine en la valdinguant dans la cour ! Faut avoir l'esprit tordu pour m' soupçonner d'un truc pareil !

– Je vous en prie ! Vous perdez tout contrôle ! enrogne le commissaire Maussane.

Sur cette réplique véhémente, je surgis.

En franchissant le seuil de ce nid d'amour, je constate que la serrure de la porte palière a été forcée et que l'on a sectionné la chaîne de sécurité.

Découverte de la scène.

Le Mastard assis devant une table supportant une boutanche de rhum Négrita. Face à lui, le commissaire acalifourche une chaise. Un auxiliaire prend des notes. La reine du logis, en combinaison noire, bas résille, porte-jarretelles à fleurettes mauves, la tête constellée de bigoudis, tourne autour de la pièce, s'appliquant à remettre en place ses énormes nichebabes veinés de bleu. Quant à notre merveilleux Jérémie, il se tient adossé contre le mur, l'air emmerdé du voyageur dont la police vient de trouver cinquante kilos de coke dans les bagages.

Ma survenance provoque le silence qui succède à une « sonnerie aux morts ».

M'ayant reconnu, Maussane se lève. Il y a du salut militaire réprimé dans sa personne.

Béru m'accueille avec le soulagement du spéléologue englouti voyant arriver les secours.

– Tu tombes à pic, Grand ! V'là-t-il pas qu' la môme Elnora a été virgulée par la fenêt' et qu' cézigue cherche à nous faire porter l' bada !

– Ridicule !

Mon confrère patauge dans ses godasses.

– Alexandre-Benoît est un homme que vous devez assister et non tracasser, sermonné-je. Il est clair que l'assassin a forcé sa porte ; vous avez vu la chaîne de sécurité ?

– J'envisageais la possibilité d'un simulacre, plaide Maussane.

– Tu m' pompes l'air av'c tes six mulâtres ! tonne le Fuligineux. S' tu mènes toutes tes enquêtes commak, t' vas t' r'trouver vite fait à la Grande Taule à déboucher les gogues et remplir les appareils distributeurs !

Sans attendre que j'aille plus avant, Jérémie me tire par la manche et m'entraîne dans la pièce voisine.

– Qu'est-ce qui arrive ? me demande-t-il.

– Pourquoi ?

– Tu as une gueule entièrement ravagée comme si tu avais vieilli de dix ans pendant la nuit.

– On m'a enlevé Antoinette !

A toute vibure, je lui relate ce que tu sais déjà.

Sa figure prend de la gîte à son tour.

– Seigneur ! il fait, car en pareil cas tu ne trouves pas autre chose à dire.

On s'écoute blêmir. Lui, il songe à ses négrillons, fatalement. Au bout de son accablement, il murmure :

— Mister Blood se venge, à preuve la mort d'Elnora.

— Sans aucun doute ! Ce qui m'intrigue, c'est ce gosse qu'il a fait amener à la place de ma fille. Pourquoi ce troc ?

— Par dérision : se venger ne lui suffit pas, il entend t'humilier en se moquant de toi ! Il fait mettre un autre enfant dans le lit d'Antoinette pour te signifier combien il est puissant et implacable !

— Je la retrouverai quand même !

— Oui, tu la retrouveras, NOUS la retrouverons. Dans les films d'action, on suit les agissements d'un mec qui est l'archétype du Mal. On sait que sa victime le terrassera finalement. Mais lorsque cet instant arrive, l'on est toujours déçu par le misérabilisme de la vengeance. Quand le moment de régler les comptes arrivera, nous inventerons un châtiment plus fort que la mort.

— Pas très chrétien ce que tu dis là, Jérémie !

— Pas très chrétien ce qu'il a fait là, Antoine.

Nous retournons à l'assassinat d'Elnora.

Nous séparons les Bérurier pour les interroger. Le commissaire et mon *Black* se chargent de Berthy, laquelle ne difficultionne point pour les suivre en sa chambre pleine d'odeurs légères.

Je me réserve mon Pachyderme. Pour commencer, je neutralise la bouteille de rhum et pose mon dargiflard sur la table.

— Arrête de nous jouer *Volga en flammes*, Sandre, murmuré-je, redeviens le fin lettré que nous admirons tous; d'accord?

Il me considère d'un œil cloaqueux mais surpris, kif si je m'étais déguisé en petit rat de l'Opéra.

— T'as quoi-ce? me demande-t-il.

— Qu'entends-tu par là?

— C'est comme si tu viendrerais d' t' faire miser par un taureau et qu' t'ayes pas aimé.

— Il y a de ça, mais il s'agit d'une autre histoire. Je te la bonnirai plus tard. D'abord ton problème. C'est pas des mugissements qu'il me faut, je veux un vrai rapport de policier chevronné, d'ac?

— Gigot! Avant tout, vire-moi c't' tronche de crapaud-bluffe, y m' flanque des pustules.

D'un signe j'enjoins à Durond de s'emporter.

Récit sans concession de l'inspecteur-chef Alexandre-Benoît Bérurier :

« D'puis qu'on est r'venus des States av'c Elnora, ça a été la plus belle période d' ma vie. Tu peux croire qu'on a enfilé le parfait amour, les deux. Y a qu' dans les bouquins d' romans qu'on peuve lire la même passion. L'était dingue d' mon goumi. E' l' raffolait si tellement qu' la noye on roupillait tête-bêche, mon joufflu cont' sa joue.

« Naturliche, la Gravosse appréceciait modérément et r'naudait. Slave dit, comme elle y trouvait son taf d' pâmage, elle finissait par s'écraser et pionçait su' l' tapis d' la turne. On lu laissait le traversesin et un' couvrante, pas lui perturber l'sommeil.

« On avait donc tout pou' êt' heureux. Souvent, la Ricaine s' réveillait et m' pompait l' Nestor jusqu'à c' que j'y allasse d'un rabe de lonche.

« Berthy qu'est plombée d' la dorme n' s'en apercevait même pas.

« Note, c'tait un bout d' tringlée noctambule, pas homologuée, sans ambition : la part du pauv', quoi !

« Mais v'là qu' c't' nuit la grosse Vachasse qu'arrête de ronfler, qui se met su' son océan et qu' hurle : "J' vous y prende, saligauds ! M'encorner pendant que j' dors."

« E s' jette su' nous à bras r'courbés. M' brise son vieux pot d' chambre d' jeune fille su' la tronche. Tu voyes c't' plèbe à mon cuir ch'velu ? Puis s'en prend à Elnora dont elle lui arrache la ch'mise de noye. La monstre chat fourré, quoive.

« Non contente, elle sort dans l' livinge et entr'prend d' tout saccager, la fumière ! Vérolée, va !

« Toujours en furance, é r'vient déloger ma jolie chérie d' nos draps et l'espulse comm' une malpropre.

« J' veux interviendre, mais c'est malgache Jambonneau ! Me mord les gesticules jusqu'au sang ! Tu veuilles voir ma couille droite, Grand ? Tu veux vraiment la voir ?

« Tiens, regarde ! »

4

IL VAUT MIEUX TUER TROP DE GENS
QUE PAS ASSEZ !

Le navire roule lentement sous la lune...

Si l'archange saint Michel le voit, de là-haut, il doit prendre des photos, tellement c'est beau.

Dans sa cabine, Félix Galochard (plus connu de mes lecteurs sous l'appellation de « M. Félix » lit *Troilus et Cressida* de William Shakespeare, l'une des œuvres les plus chiantes de ce dramaturge exceptionnel. Il a posé ses collets et attend la venue de la dame Demeuil.

Il l'a choquée, outragée même, mais en grand psychologue, le vieux prof fait confiance à la photo qu'elle ne doit cesser de contempler.

Elle ne l'a sûrement pas détruite ; et quand bien même, cela exacerberait la louche envie tordant ses lèvres inférieures puisqu'elle reconstituerait le phénoménal braque par la pensée et, partant, en exagérerait le volume.

Lecture en cours :
ALEXANDRE :
— *Cet homme, madame, a volé à bien des animaux leurs qualités distinctives : il est vaillant comme le lion, âpre comme l'ours, lent comme l'éléphant. C'est un homme en qui la nature a tellement mélangé ses tempéraments que sa valeur est farcie de folie, et sa folie assaisonnée de sagesse.*

On toque à la porte furtivement, en espérant presque ne pas être entendu.

Félix sourit. Il reconnaît bien là le heurt d'une femme effarée par sa hardiesse.

Elle a quelque chose du XIXe siècle, sa petite bourgeoise. Faut-il que la curiosité sexuelle la pousse, pour dominer son éducation à ce point !

Il abrège la honte de la pauvrette en ouvrant rapidement.

L'apparition de la consentante le charme et le flatte car, malgré l'âge avancé de l'amant en puissance, elle s'est attifée de première. Tenue d'appartement, j'irai jusqu'à dire de boudoir : robe de chambre bleu-sainte-vierge-Marie, bordée de cygne au col et aux manches, avec l'encolure très large, telle celle des vêtements royaux.

Elle a modifié sa coiffure : tiré ses cheveux en arrière pour une queue-de-cheval maintenue par un gros élastique doré.

Le prof la reçoit sans transports excessifs. *Achtung!* Ce n'est pas une visite d'amoureuse, mais un essayage de sexe.

M. Félix ne joue point les séducteurs à la Guitry. Il porte sur son vieux pyje pissareux la veste d'intérieur de velours noir à brandebourgs, offerte par ses élèves, lors de sa mise à la retraite. N'a rien d'un Casanova, sinon son pénis d'exception.

Baisemain.

Il propose à sa presque conquête le fauteuil bridge de la cabine. Elle l'accepte, affolée par son audace inconcevable.

Comment peut-elle agréer pareille fornication avec ce bouc malodorant? Faut-il qu'elle soit en mal de pine, la belle châtelaine vagabonde!

Il dit ne pouvoir lui offrir que l'eau de la carafe, renouvelée deux fois par jour par le garçon de cabine.

— Ne perdons pas de temps en sots marivaudages. Il serait sage de vous laisser lier connaissance avec la bête.

Et il déharde son chibre. Il ne trique pas encore, si bien que la flèche lui arrive aux genoux.

Élevée dans la religion catholique, la passagère balbutie un « Mon Dieu! » qui en dit long sur sa foi chrétienne et l'admiration sans retenue que lui inspire ce monument.

Mac-Mahon, en présence d'inondations impressionnantes s'exclama : « Que d'eau ! Que d'eau ! » Dans le cas présent, Valérie Demeuil ne peut que proférer ces quatre mots : « Comme elle est belle ! » Adieu, son Italien défonceur et son médecin disparu ! Ce ne furent que panais d'occasion.

Elle soupire :

— Je peux ?

— N'êtes-vous point là pour ça ?

Sa main destinée à servir le thé s'avance jusqu'à la lance d'incendie qui tout à coup se gonfle. Elle en crie de surprise. De ravissement.

Un colossal bâton de chair qui palpite et vibre la force à décrisper ses doigts.

« Je vais tout prendre dans le con ! » songe-t-elle. « Dieu de miséricorde, faites que cela pénètre entièrement. Que cette vacherie de bite s'enfonce en moi jusqu'à ma glotte, bordel de merde ! Une queue pareille ! Après cette intro-mission, ma vie sera aussi remplie que ma chatte. Le souvenir la maintiendra agissante, pré-sente pour toujours dans mes béantitudes ! Mais pourquoi, Seigneur tout amour que je révère, avoir accordé ce membre d'exception à ce vieux singe décati qui s'embaume dans sa merde ? Je sais que Vos desseins sont mystérieux, néan-moins y a comme un défaut, pardonnez-moi de Vous le dire ! »

Tout en régurgitant ces pieusités, elle tenait entre ses mains le cierge magique de l'universitaire, avec tant de passion qu'elle avait l'impression de posséder deux dextres. La queue de Félix forcenait de plus belle.

« Hélas, songea la chère âme, j'ai beau avoir la babasse plus large qu'un bénitier, jamais pareil engin ne saura s'y loger ! »

Comme s'il pensait de conserve, Galochard prévint sa partenaire qu'il allait lui bouffer le cul, manière de créer une lubrification jugée indispensable.

Elle y consentit de grand cœur, en fait de quoi son partenaire s'agenouilla entre la haie d'honneur de ses admirables cuisses à peine veinées et entonna cette complainte muette qui tant ravit nos chères compagnes lorsqu'elle est parfaitement exécutée.

Mme Demeuil en éprouva un vif contentement et libéra rapidement un premier contingent de jouissance.

Fort de ce brusque afflux, le retraité décida de jouer son va-tout.

Il perdit vite ses illusions car l'exquise personne demeurait désespérément impénétrable.

Devant l'échec de ses tentatives, Galochard fit appel à l'ultime recours dont il disposait.

– Attendez-moi un instant, ma très chère complice, murmura cet émule dévoyé de Malet et Isaac.

Et il courut s'enfermer dans la salle de bains.

Il recélait, dans sa trousse de toilette, un petit pot d'un onguent qu'une de ses conquêtes avait ramené de Chine. Dans les cas désespérants, il y puisait une noisette de pommade dont il enduisait son membre. La chose, d'apparence verdâtre, possédait la propriété d'assouplir les tissus en les lubrifiant à l'extrême. Oint de cette crème, son sexe phénoménal bravait les cons les moins complaisants, s'insinuait en louvoyant comme un reptile dominé par l'esprit de conquête [1].

Le digne homme s'assit sur le bord de la baignoire pour enduire consciencieusement le corps d'un délit encore incommis. Le moindre de ses gestes s'accomplissait avec lenteur. Félix avait toujours exécuté posément les actes de sa vie, des plus déterminants aux plus futiles.

L'application dûment effectuée, il revissa le couvercle et voulut se lever. Mais, était-ce l'énervement causé par l'échec de ses premières tentatives, il se sentit les jambes molles et l'énergie absente. La tête lui tournait.

Il s'accouda au lavabo très proche de la baignoire en espérant que ce vertige se dissiperait. Las ! il ne fit que s'accroître.

—————

1. Faut-il que je me fasse chier sur cette terre pour écrire des conneries pareilles !

(S.-A.)

Galochard en tira la conclusion qu'il se mourait. N'en éprouva aucune panique, l'existence lui étant toujours apparue comme un hasard cosmique perdu à travers les myriades d'épisodes générés par l'univers.

Il perdit proprement conscience.

Félix consommait peu de boissons fermentées, pourtant il lui était arrivé de s'enivrer quelquefois. Il avait détesté alors la gueule de bois consécutive à ces libations.

Quand il retrouva ses esprits, il réalisa que sa tête venait d'être remplacée par une bétonnière en activité... Tout girait et grondait sous sa calvitie de penseur. Il eut le réflexe de saisir le robinet d'eau froide et de l'actionner. Mais la flotte tiédasse du paquebot ne pouvait pas grand-chose pour lui.

Il réussit à se mettre droit. La glace de la salle de bains révéla sa grosse chopine de nouveau pendante. Il en fut désorienté. Que devait penser la visiteuse de son absence prolongée ?

Peut-être, à court de patience, s'était-elle rapatriée dans sa cabine ?

Contrarié, il ouvrit la porte. Aussitôt une insistante odeur chimique l'agressa. Retenant sa respiration, il s'approcha du fauteuil dans lequel sa conquête gisait, béante, le buste rejeté en arrière.

Il n'eut pas besoin de la contempler longtemps, non plus que de la palper pour comprendre que l'aimable femme avait cessé d'exister.

« Allons, bon ! » se dit-il, avec cette familiarité dont on n'use qu'avec soi-même.

5

L'OURAGAN.

Le Gros ne s'arrête pas de ressasser ses déboires matrimoniaux, ainsi que son deuil amoureux.

– Si quéqu'un l' save que j' m'ai embourbé des frangines d'excession, c'est bien toive, l' Grand ! Tu peux témoigner qu' l' braque à Béru c'est pas un chômeur en fin d' droits. L'en a visité des craquettes, Messire Monpaf ! Repassé des chattounes de tout genre : des z'huppées, des mal foutues, des violacées, des qui sentaient la rose crémière, des qui r'niflaient du couloir ! Des lisses et des ridées, des frisottées Ninette et des tristounes aux poils tombants. Eh ben jamais d' ma garce d'equesistence, j'ai trouvé un' moniche comme celle d'Elnora. La Sainte Vierge, mec, pouvait pas avoir la pareille ! D'abord parce qu'ell' était vierge, n'ensute puisqu'elle était sainte. Et v'là qu' ce joyal [1] d' la race humaine est naze ! Y a d'

---

1. Pour le Mastard : « Un joyal, des joyaux ».

quoive s' faire éclater les varices, rien qu' d'y penser !

De belles larmes grosses comme des pendeloques de lustre se creusent un lit dans ses joues en fesses de gorille.

– Abordons le vif du sujet ! circonscris-je.

Il torche de sa manche une morve olympique, laisse s'exhaler un long pet désespéré et déclare :

– J' t' causais qu' la Berthe, après sa tornade, est rev'nue dans not' chambre. « J' reprends ma place ! qu'elle a fait en s' pieutant. Toi, tu vas t'tiendre à carreau si tu n' voudras pas que j' fisse un malheur. Vise un peu ce dont j' réchauffe entre mes seins ! »

« Elle a écarté sa limouille. Blotti ent' ses nichemards s' trouvait tu sais quoive ? Mon flingue dont elle m'avait subtilisé.

« Si tu la r'joindrais, j' lu viderais le chargeur complet dans la chatte, manière d'y stimuler les passions », elle m'a assuré d'un air terrib'ment sérieux. « Et à présent, bouffe-moi la minouche, ça m' calmera les nerfes. » J' la voyais dans un tel état qu' j' lui ai becté l' trésor et on s'est endormis.

« Des grands cris nous a réveillés. On sort du paddock pour s'informaliser. Ça provenait d' la p'tite cour d' derrière. La f'nêt donnant d'ssus était ouverte... J' m'y penche, et qu'est-ce que j' vois-t-il ? Mme Vitruve, la concierge d'vant un corps d' femme, à égosiller pareille un' pleureuse arabe !

« Les locataires du d'ssus et du d'ssous la bousculaient de questions. Mais la vieille vache, trop commotionnée, n' pouvait qu'hurler. Alors je dévallonne l'escadrin, bien qu' j' fusse vêtu s'l'ment d' ma veste d' pyjama. En descendant, j'bouscule l'père Chaudelance, not' voiseisin du s'cond, qui tombe de dix marches et se casse l'autre jambe. »

— Pourquoi « l'autre » jambe ?

— Il en avait déjà un' bidon, à la suite d'la guerre d'Algérie. L' gueux m' traite d'assassin, teigneux comme il est ! Tout ça ajoute à l'effussion d' l'immeub'. N'enfin j' parviens dans la cour et tu sais quoi ?

— La défenestrée était Elnora ?

— Comment t'as d'viné ?

— Tu n'ignores pas que je suis un visionnaire. Il admet d'un branlement, ajoute :

— Fectiv'ment, s'agissait bien d'elle à loilpé, la pauvrette, avec la tronche total'ment engoncée dans les épaules, kif une cigogne frileuse.

— Continue ! le prié-je, charmé par son ton poétique.

— D'la trouver ainsi, mon adorée, j'fonds en comble.

— Pourquoi en comble ?

— J'veuille dire en larmes. D'puis l' décès d' ma mère, j'ai rien ressenti d' pareil.

Nouveau flot de son chagrin en crue.

— Tu l'aurerais vue, disloquée comme... comme...

— Un pantin désarticulé, volé-je-t-il à son secours.

— 'xacment! J'veuille la prende dans mes bras pou' la r'monter ici, mais les voisins saucissont opposés.

— Ignores-tu que dans un cas semblable on ne doit toucher à rien avant l'arrivée de la police?

— Mais JE SUIS la police, bordel!

— Pas dans une situation te concernant si étroitement!

Il pète, grand imprécateur intestinal.

— En r'montant, j' m'ai aperçu qu'on avait disloqué ma lourde; t'as remarqué? Plus d' chaîne, plus d' verrou, la serrure nazée! Le scélérat a pas chipoté! C' dont j' m' demande, c'est pourquoive on s'en est pris à cette chérie et pas à moi?

— Parce que c'est à elle que Mister Blood a voulu faire payer sa trahison [1], sachant pertinemment que, du même coup, il te flanquait dans la mouscaille jusqu'aux sourcils!

— J' veux qu'on va avoir c'messire, fait-il péremptoirement et avec noblesse.

---

1. Rappelons, à toutes fins utiles ou inutiles, que la belle Elnora était une intime de Blood, l'empereur du Crime aux U.S.A.

– Sans vouloir te contrarier, il sera pour moi, Gros !

– Ah ! mouais ?

– Il vient de kidnapper ma fille !

– Parc' que t'as une fille, toi ? D'puis quand ?

– Trois ans.

– Et av'c qui, j'te prille ?

– Marie-Marie...

Rapidos, je le mets au parfum de ce que tu sais déjà, lecteur adoré.

6

LES HEURES LES PLUS SOMBRES
DE NOTRE VIE.

Il est beau, noble, généreux de voir comment mon cher Béru laisse quimper son cruel chagrin pour se mettre au service du mien. Il se ressaisit instantanément, se vêt en un clin d'œil et déclare après s'être planté devant moi, tel Surcouf sur le pont promenade de son barlu :

— Allons-y !

— Où ça ? questionne l'individu égaré que je suis.

— Chez toive, œuf corse ! Dans quel état doit z'êt' Mme Félicie !

Comme il achève ces mots compatissants, Othello surgit de la pièce voisine, l'air défait d'un marché en fin de matinée.

— « Toi aussi » ? comprends-je.

Il a les lèvres blanches, notre bon négro, et son derme a viré au gris ecclésiastique.

— Ramadé ! murmure-t-il en franco-sénégalien. On vient de l'enlever !

La nouvelle passe sur mon désespoir intime, ainsi la libellule frôlant la surface des étangs. Trop disloqué par le rapt de ma petite fille pour accorder de la compassion à autrui.

– On en est sûrs ? prononce le Mastard.

– Sédar, notre aîné, qui guettait le retour de sa mère depuis notre appartement, l'a vue embarquée de force dans une Volvo bleu marine. Il vient de m'appeler sur mon portable...

– Décidément, c'est la guerre à outrance ! je crois qu'on va la sentir passer, dis-je. Jérémie, file enquêter dans ton quartier ; j'appelle Mathias pour qu'il procède ici à des relevés ; Alexandre-Benoît va m'accompagner à Saint-Cloud. Nous mobiliserons autant d'hommes qu'il le faudra, mais nous aurons la peau de ce salaud.

– Je préférerais récupérer celles qu'il nous a volées, répond dignement mon Barbouillé en s'élançant dans l'escadrin.

Félicie est aussi désemparée que naguère. Elle fait des gestes quotidiens, poussée par la force de l'habitude, sans cesser de sangloter. Marie-Marie a téléphoné pour prendre des nouvelles d'Antoinette et m'man n'a pu lui celer l'horreur de la situation. La Musaraigne s'est mise à hurler vengeance. Elle criait qu'elle aurait dû continuer de me taire cette paternité car on ne fait pas un enfant à un type comme moi. Ma vieille a été bouleversée par son langage de haine, autant que par le rapt. Je veux la presser contre moi, mais pour la première fois depuis ma naissance, elle refuse cette étreinte. « M » le Maudit, c'est ma pomme !

Si nous ne récupérons pas la petite, je me filerai une bastos dans la coiffe. Tu envisages une autre solution, toi ?

Un léger réconfort : Salami est sorti des vapes et « cornifle » dans toute la maison. Il a l'âme en peine, lui aussi, et la truffe survoltée. Tu croirais, à le voir s'agiter, qu'il passe notre univers au détecteur de mines. Il va d'une pièce à l'autre, monte les escadrins, les redescend aussi vite que le lui permettent ses pattes de nabot. De temps en temps, il pousse une petite plainte, s'immobilise comme s'il écoutait des sons provenant d'une lointaine planète, puis reprend son manège.

Le corps d'obèse à qui j'ai tout raconté par le menu, décide :

— Pendant qu'tu vas investiguer, j'voudrerais interroger la nurse.

— Fais !

Du pas massif d'un laboureur guidant sa charrue [1], il gagne la piaule de la Suédoise. Quelque diable m'y incitant, je le suis.

---

1. Image obsolète, les tracteurs ayant remplacé les brabants.

Il entre dans l'ex-chambre de ma petite fille sans frapper. La grande doudoune est assise dans un fauteuil pendant que l'enfant sourd-muet joue avec une poupée, faute de train électrique ou de petite voiture. En terrain conquis, il est, Gradube. C'est dans sa nature, il ne changera jamais.

En le voyant débouler, la Scandinave se lève.

– *Ja*, messieur ? elle bredouille.

Bérurier-le-Vaillant la regarde comme le serpent la proie sur laquelle il va fondre. Je connais ce genre d'œillée scrutatrice. Il s'imprègne du personnage, le jauge.

– Qui est-ce vous êtes ? insiste la femme aux yeux de Delft.

Lors, le Mammouth lui produit sa carte de visite des grands jours, à savoir une baffe si percuto-télescopante que Mémère part à la renverse sur le lit.

La Statue du Commandeur reste d'une placidité marmoréenne.

La vioque les a à la caille ! Se met à couinasser comme une penture sur des gonds rouillés.

Ce chant funèbre fait grimper son visiteur en mayonnaise.

– Arrête ! sinon j't'éventre à coups d' talon !

Elle ne comprend pas notre superbe dialecte gallo-romain, mais l'intonation est éloquente.

– Écoute-moive, fumière, reprend le Dinosaure, c'est pas parce qu' t'es plus grand' qu' deux Japonaises s'faisant la courte échelle qu' tu m'impressionnes ! C'est mauvais d'm'gratter les couillles pour paniquer mes morpions ; à c' p'tit jeu, t'y laisseras des plumes, des tifs et des dents.

« N'en c'moment, j'vive un grand chagrin d'amour, et moive, les peines d'cœur, c'est pas ma partie, alors é m'rendent teigneux. L'mieux dont tu peuves comporter, c'est d' me bonnir tout le topo sans oublier un' virgule. »

Pour ponctuer, il lui aligne un chtar au bouc çui la rend songeuse.

– Arrête ! interviens-je.

Il volte, furax :

– Tu permets ? J' l'interroge !

– Elle n'a rien à voir dans cette affaire et ne parle pas un broque de français.

Lucullus en loufe d'indignation.

– N'a qu'à l'apprende ! Quant à son innocenterie, j'pense qu't'es ramolli d'la bigoudaine pour y croire ! Ça t'ennuiyerait d'réfléchir un peu ? Maâme vient t'trouver au plumard en pleine noye pour un' séance porno. T'as droit au grand spectac' ; tézigue manœuv' le projecteur braqué su sa moulasse polaire. Elle t'la joue cinéma d'minuit, gigote du fion, y va du bruitage hard, tout bien, et pendant c'temps des mecs pénètrent dans la maison et chouravent ta gisquette en la remplaçant par un p'tit niacouet qu'on n'sait pas de d'où sort-il ! Et tu gobes ce

sirop d'foutaises kif si ça s'rait d'la grenadine ?
Merde ! C'est vous le craque d'la Police, m'sieur
Dunœud ?

J'éprouve comme quand tu remontes la tente
d'un magasin après l'orage et que la flotte dont
elle est gorgée te choit sur les endosses. Nom
d'Allah, il parle d'or, le Bouffeur. Mais
qu'est-ce qui m'a pris de marcher aveuglément
dans la saynète de la Suédoise ? Sa qualité de
nurse nordique la préservait de mes soupçons ?

– Une seconde ! fais-je au Mastoc.

Je vais à l'escalier pour héler notre Espanche,
laquelle aide Félicie à pleurer dans la cuisine.

Elle se pointe, ruisselante comme les pissotières d'un grand hôtel.

– Prenez ce gamin et descendez-le !

Elle ramasse le petit sourd-muet et se trisse,
non sans jeter un regard stupéfait à la vachasse
au visage marqué de gnons.

Je relourde à clé derrière elle, et mets la
caroube dans mon gousset.

Vaguement calmé, parce que impressionné par
mon visage hermétique, le pote-en-tas me
défrime sans moufter.

Ma première initiative consiste à extraire la
valoche de la donzelle de sous le plumard. A
première vue, elle ne recèle que son beau
godemiché du dimanche et un album de photos
licencieuses montrant des femmes fortement

lolochées en train de se brouter le fion où d'y enfoncer des prothèses pafières. Rien dans les soufflets intérieurs du bagage.

Je l'abandonne pour explorer minutieusement les tiroirs de la commode, puis la penderie murale.

Ballepeau !

Je passe alors dans le petit cabinet de toilette attenant. Ce dernier est très primitif car il remonte aux années 60. A l'époque, la France ne s'était pas encore ouverte à l'hygiène, excepté dans les crèches de haut standinge. On s'ablutionnait chichement le visage, l'oigne et le reste attendaient le week-end, voire les jours chômés.

L'endroit ne comporte qu'un gogue, un lavabo et une armoire à pharmacie.

Retour à la chambre où mon collaborateur m'attend, assis au chevet de sa victime.

C'est alors que je surprends un petit éclair de soulagement dans le regard de la Scandinave, qui aurait échappé à un homme moins sagace que ton Sana chéri.

Tu penses que je me berlure, Arthur ? Très possible ; seulement je « sens » les choses et les impondérables me deviennent évidents.

Je réintègre l'endroit (qu'on appelait autrefois « les lieux »).

Vu qu'il s'agit de notre maison, je sais pertinemment qu'elle ne renferme aucune cache à secret. Je n'ai donc pas grand mérite à soulever le couvercle de la chasse d'eau.

7

DÉDALE.

Je suis le contraire d'un bricoleur, cependant j'ai le don de réparer les réservoirs des toilettes. Une manière bien à moi d'en tripatouiller le flotteur.

Cette fois, je le détraque au contraire, délibérément. Manche relevée, je plonge ma main dans l'eau. Ne tarde pas à sentir sous mes doigts une masse molle ; m'en saisis. L'extrais.

Il s'agit d'un paquet de bank-notes vertes faisant tellement songer à des dollars que ce doit en être ! Je déplie le plastique transparent et trouve des billets de cent pions réunis en liasses de dix coupures. Il ne me faut pas longtemps pour les compter. Vingt-cinq mille dollars ! Coquet viatique pour une nurse en ménage avec un vibromasseur.

Mon retour auprès de ma blonde n'est pas triomphal car j'ai la victoire modeste.

– Je ramène le contenu de votre tirelire, lui fais-je-t-il en balançant l'auber près d'elle. Il faudra que je consulte un panneau de change pour voir combien ça représente en couronnes suédoises.

You youille ! Tu la verrais cramoiser, la Poupette ! Une citrouille peinte en rouge à l'occasion d'Halloween. Sauf que ses yeux ne sont pas lumineux mais semblables à des belons gâtées.

– Tu constates combien j'pensais juste ! articule l'Emmailloté du bulbe. C'te fumière nous la jouait enfant d'Marie alors qu'c't'un' enfant d'pute ! Tu m'la laisses entrepende, Sana ? J' t' vas l'accommoder aux marrons, comm' un' dinde d'Noël.

– On a mieux à faire ! le stoppé-je. Passe-lui les cadennes pour achever de créer l'ambiance.

Le Formide a toujours une paire de bracelets chromés dans sa fouille dorsale. Il les en extrait, faisant tomber dans le mouvement quelques préservatifs surdimensionnés, destinés à la clientèle africaine. Certains ont déjà été utilisés à plusieurs reprises, Alexandre-Benoît étant un homme économe.

Clic-clac ! Les bracelets de la honte se referment.

De se voir avec cet accessoire infamant fait éclater la Nordique en sanglots.

– Bieurle, ma garce ! Bieurle tout ton soûl ! ricane Sa Majesté en maquillant de noir l'œil gauche de la dame. Ça m'émeuve autant qu' ça émeuvrait un' pierre gelée.

Elle me paraît parfaitement conditionnée pour passer une audition, la Selma.

J'écarte le cher Gravos et le supplée auprès de cette saloperie. Lui adresse la parole en allemand, langue qu'elle maîtrise fort bien.

— Complicité d'enlèvement, commencé-je, cela va chercher dans les dix ans de réclusion. Lorsque vous retournerez dans votre pays des neiges, vous serez devenue une vieille dame ridée et sentant l'urine !

Ces mots augmentent l'affolement de la grande branleuse.

— *Nein, nein* ! crie-t-elle.

— *Ja, ja* ! renchéris-je.

Le Dodu a trop serré les menottes, ses poignets violisent et enflent. Mais, tu veux que je te dise ? Je n'en conçois aucune compassion ! Faire un aussi beau métier et le déshonorer à ce point me rend imperméable à la pitié.

— Au lieu de vous lamenter sur votre sort, vous devriez me raconter toute l'affaire !

Acquiescement véhément de la donzelle.

Toussante, reniflante et larmoyante, elle y va de son sordide récit.

La veille, après la sieste de l'enfant, elle l'a emmenée dans le jardin public proche de la maison. Pendant qu'Antoinette jouait sur un cheval à bascule, une superbe Rolls noire s'est arrêtée à proximité de Selma. Le chauffeur en livrée est descendu pour ouvrir la porte arrière droite à un monsieur d'un âge certain, grand, desséché, aux joues flétries de rides. Cet homme, d'une suprême élégance, est venu s'asseoir sur son banc. Il fumait le cigare et s'exprimait dans un anglais imprégné d'américanismes.

(Pour moi, cette description est éloquente : Mister Blood. Faut-il que sa vengeance lui tienne à cœur pour qu'il la perpètre personnellement malgré la sombre armée dont il dispose !)

Mais revenons à la confession d'une truie du siècle.

Le vieillard a abordé la nurse bille en tête. Lui a dit que je n'étais pas le papa de l'enfant. Que le véritable géniteur était son propre fils. Puisque je l'avais reconnue, on ne pouvait plus rien légalement, c'est pourquoi il proposait un plan chargé de « rétablir les choses ». Il s'agissait de s'emparer d'Antoinette et de la conduire aux *States*. Il offrait à la Suédoise une situation en or pour le rejoindre en Amérique et élever la fillette qui lui était très attachée.

Ce bonhomme exerçait une réelle fascination sur les gens qu'il approchait. La foutue pétasse mollit. Il se montra plus convaincant encore en lui remettant vingt-cinq mille dollars destinés à ses frais de voyage. Chavirée par cette promesse mirifique, elle céda.

L'individu à la Rolls déclara qu'afin de la tenir à l'écart du rapt, on opérerait au cours de la nuit. Tout ce qu'il attendait de Selma c'était qu'elle « s'occupe » de ma personne pendant ce temps. Il affirma que j'étais un homme particulièrement porté sur le sexe et qu'elle n'aurait aucune difficulté pour me neutraliser avec ses charmes. Ce qui fut fait.

Fin du récit !

— Alors ? exige Béru en constatant que nous avons cessé de jacter.

Mon résumé n'abat pas le grand vent de colère qui souffle en lui, comme on dit puis dans « Le Scatalogue de la Redoute », Prix André Darrigade 2002.

— Faut être une follingue du pôle Nord pour croire un' s'conde qu'la mouflette n'est pas d'toi ! C'est ton crachat tout sosié !

« Bon, j' suppose qu' not' Blood a donné un' adresse où le joindre ? »

Je transmets la pertinente question, mais l'éplorée secoue la tête.

— Il me fera contacter après le remue-ménage causé par la disparition de l'enfant, fait-elle.

La vache ! Aussi conne que salope !

— Si j'aurerais un' lampe à souder, assure l'Exténué de la coiffe, j' m'en servirais pou' la raser !

8

FIN D'UNE CROISIÈRE ENCHANTERESSE.

Complètement chaviré par les émanations du gaz injecté dans sa cabine, Félix abandonna le gracieux cadavre de Valérie Demeuil et retourna dans la salle de bains. Il plaça des linges mouillés au bas de la porte pour colmater l'interstice qui s'y trouvait et avait permis au produit nocif de l'atteindre.

D'esprit athée, il entretenait avec Dieu des relations espacées. Pourtant, dans le cas présent, il ne put s'empêcher de Lui adresser un bref remerciement. Si son membre extravagant avait pu se frayer le passage souhaité, il est certain que le brave universitaire serait mort sur l'excellente femme. Cette fin plaisante, dont le président Félix Faure reste le champion, ne le tentait pas car il souhaitait s'anéantir en pleine lucidité. Selon lui, « rater sa mort » c'était ne pas se rendre compte qu'elle survenait, or ce brave philosophe comptait bien, le dernier instant venu, la savourer comme un gin-fizz, avec une paille ou un embout de ballon d'oxygène.

Il demeura plusieurs heures allongé dans la baignoire, sur des peignoirs de tissu-éponge en guise de matelas. Il y dormit d'un méchant sommeil, fréquemment éveillé par des nausées consécutives à l'inhalation du produit mortel.

Les cauchemars qui peuplèrent ce temps d'inertie ne sont pas racontables et, d'ailleurs, tout le monde s'en fout. Rien ne me fait davantage chier qu'une personne évoquant ses songes.

Pendant l'heure du déjeuner, un garçon de cabine promenait son aspirateur en laisse dans la coursive quand une odeur âcre désobligea son olfactif. Troublé, il frappa à la porte. Nul ne répondant, il utilisa son passe.

Il devait se rappeler longtemps le spectacle : face à l'entrée, une femme cambrée dans un fauteuil d'acajou, le buste renversé, les jambes écartées à l'extrême, la craquette béante.

— Oh ! pardon, bredouilla le marin-valet de chambre, un Jaune de trente-deux ans qui en paraissait douze.

Il relourda précipitamment. Son cœur s'accéléra malgré l'impassibilité asiate. C'était son premier con français, d'un châtain harmonieux ; il en fut profondément troublé. Il demeura immobile un bout, ressassant le gracieux tableau. Ensuite, l'esprit de réflexion lui revint, lesté de questions. Pourquoi cette personne si ouverte n'avait-elle pas répondu à ses « toc-toc », ni réagi à son intrusion. D'où provenait l'insidieuse odeur ? Comment se faisait-il que le vieux bonhomme occupant la cabine soit absent ?

Il donna un sucre à son aspirateur, ponctué d'une petite tape amitieuse sur la carène en lui demandant de se tenir tranquille et s'en fut alerter le commissaire du bord.

* *

La croisière s'achevait le lendemain à Toulon. Les autorités étaient parvenues à tenir l'aventure secrète. On avait drivé M. Félix à l'infirmerie où la jeune assistante du médecin fut stupéfiée par l'ampleur de son membre. En cachette, elle réalisa des photos à l'intention de ses amies.

L'on plaça la pauvre Valérie Demeuil à la morgue dans un modeste cercueil de bois blanc en attendant que sa famille choisisse une boîte plus compatible avec son niveau social.

L'aumônier, un vieux routard de l'Église, prononça une prière évasive. Il ne la fit pas de bon cœur car il avait appris les circonstances entourant ce trépas.

Une fois à terre, une commission rogatoire procéda à un brouillon d'enquête qui se révéla négative.

Et l'on transporta le doux Galochard à l'hôpital où son état fut jugé sérieux. Le normalien anomalien avait été incommodé par le gaz plus gravement qu'il ne le pensait.

Au cours de son transfert du bateau à l'établissement public, l'ambulance fut suivie par une fourgonnette jaune frappée du sigle des Postes.

Mais que ce détail reste entre nous !

9

S'IL EXISTE DES SURHOMMES, SALAMI EST UN SURCHIEN.

Ingratitude humaine. Accaparé totalement par les tragiques événements relatés plus avant, j'ai totalement oublié Salami. C'est lui, l'adorable hound, qui vient gratter à la porte pendant que « nous nous occupons » de l'abominable Selma.

— Viens, mon bon chien ! fais-je, la main flatteuse, la voix caressante.

Il entre et se plante devant la menottée, émet un sourd aboiement.

— Tu as compris que cette femme est un vieux lavement expulsé ? lui demandé-je.

D'un grondement il acquiesce. Puis s'approche du petit lit vide de ma fille, le hume longuement.

— Pendant quelques heures, il y a eu là un autre enfant, lui précisé-je. Il se trouve présentement à la cuisine, tu pourras établir la différence ?

Il dégaine sa queue de sous son ventre pour la brandir trompette.

— Nous allons tout mettre en œuvre pour récupérer la petite au plus vite, t'es d'accord ?

Nouvelle approbation canine.

— Je compte sur tes dons exceptionnels pour nous aider dans cette tâche.

Tu sais quoi ?

Ce prodigieux animal me virgule un regard de compassion, puis me file un coup de menteuse sur le dos de la main. N'ensuite, se met au turbin. Renifle la carrée avec minutie, s'attardant sur la poupée qui gît dans un coin pour, de là, se pointer à la fenêtre fermée.

Fermée par qui ? Par la nurse, naturellement !

Il manifeste le désir que je l'ouvre.

Ce dont.

Marrant de le voir dressé sur ses courtes pattes arrière. Le hound hume à s'en faire craquer la truffe. Allant jusqu'à se pencher sous la barre d'appui. Puis il se retire précipitamment et quitte la chambre.

Bérurier, terrassé par la masse d'émotions qui lui a chu sur la coloquinte, dort en travers du plumard près de la nurse assise et menottée.

Charmant couple ! Que j'abandonne provisoirement afin de rejoindre mon doux clébard, sous la fenêtre par laquelle s'est perpétré le rapt.

A cet endroit, un massif d'iris, fleur que m'man affectionne particulièrement, à cause de son côté demi-deuil, probable.

Salami explore les touffes rigides de façon frénétique en geignant d'excitation. Quelques-unes ont été brisées et les marques d'une échelle se lisent dans la plate-bande. Mon quadrupote ragaillardise rapidement. Il n'est que de le voir saccager les iris féliciens pour s'en rendre compte, marquis ou duc ! Il s'enrogne : cette façon d'émettre des gémissements exaspérés ! l'on dirait qu'il traque une taupe. Ses pattes antérieures se mettent de la partie.

Il finit par obtenir ce qu'il cherche avec tant de véhémence : une carte magnétique remplaçant la clé de la chambre, dans certains hôtels.

Je la lui prends des babines, terreuse et dégoulinante de salive. Sur le rectangle de plastique figure le blase de l'établissement :

Hôtel des Horizons
128, rue Joseph de Maistre. PARIS 18ᵉ.

Cette trouvaille me rend songeur. Se peut-il qu'un kidnappeur laisse son adresse sur les lieux du rapt ?

Je sais que l'existence est pleine de ratés et que les criminels les mieux organisés ont souvent été trahis par des détails stupides. Je glisse le sésame dans ma vague et suis mon compagnon qui pattoune en direction de la grille. « Bon, songé-je, il va flairer le caniveau, me « dire » qu'il a retapissé la guinde ayant servi à l'enlèvement ; puis après ? Je serai gros Jean Valjean comme devant ! »

Eh bien, ton pauvre Sana, cher ami, se carre l'index dans le lampion jusqu'au petit juif. Une fois hors de la propriété, mon chien renifle effectivement les abords, mais au lieu de tourner en rond ou de décrire des allées et venues, il continue sa route à pas comptés, kif le toutou de dessin animé prenant l'air innocent pour s'approcher d'un chat assoupi.

Il va de la sorte jusqu'au square Gandelin-Morbaque planté de marronniers, en bordure duquel se dresse le kiosque à journaux tenu par Mme Auculuis, personne d'un âge certain, aux mains irrémédiablement souillées par la manipulation des imprimés. Ma surprise est grande de le trouver fermé. Des quotidiens attachés avec des ficelles forment une pyramide devant la petite construction.

Le clebs se dirige, la truffe à ras de terre, vers la porte du kiosque, située à l'arrière. En réalité, il ne s'agit pas d'une lourde traditionnelle, mais d'un étroit rideau de fer identique à celui de la devanture. Le basset gratte la tôle ondulée.

De plus en plus surpris, je saisis la poignée métallique placée au bas du volet et tire dessus.

Infermé à clé, le volet s'enroule extrêmement volontiers. Une forte odeur d'encre me caresse les naseaux. J'aime ce parfum de papier noirci.

Je veux entrer dans la guitoune, mais bute sur les jambes de la mère Auculuis allongée sur le sol. Je me souviens alors qu'il arrive à la digne personne de roupiller parfois dans son estanco car elle habite loin d'ici, du côté de La Courneuve, et a tendance à se flasher au Ricard pur. Fectivement, l'est étendue sur un matelas baveux, une couvrante en tas à côté d'elle.

– Madame Auculuis ! la hélé-je.

Je comprends qu'elle ne répondra pas en apercevant le formide coup de lingue qui la jugule d'une oreille à l'autre. La brave femme est déjà raide comme le membre béruréen en état de grâce.

Un rapide examen de ce réduit me permet de constater l'effraction de son tiroir-caisse et la présence de menues monnaies éparses dans la cambuse. Simulacre, bien sûr, je t'en foutrais mes cheveux à couper !

Le bon Salami ne perd pas de temps à renifler le cadavre. Tu sais quoi ? Il s'éloigne du kiosque, au contraire. Méandre jusqu'au massif floral égayant cette aire de repos. Une fois là, il s'abîme dans l'identification d'un excrément de sobre apparence.

Dès lors comme dit Jacques (Jacques Delors), il m'est aisé de reconstituer les fâcheux événe-

ments ayant entraîné le trépas de la kiosquière :
au cours de la nuit, saisie d'un besoin qu'on
assure pressant, elle est allée, faute de gogues, se
soulager dans le massif proche. En regagnant son
gîte, elle aura aperçu les ravisseurs pendant
qu'ils embarquaient Antoinette.

Suivant le dicton : « qui tu vois t'a vu », les
kidnappeurs se seront débarrassés de ce témoin
gênant. Et la brave marchande de catastrophes a
payé de sa vie son absence de constipation.

Triste, non ?

10

VUE IMPRENABLE SUR LE CIMETIÈRE.

L'Hôtel des Horizons mérite bien son nom puisque sa façade donne sur le cimetière Montmartre. Un tel panorama porte à la méditation et n'inspire pas la tristesse qu'on pourrait craindre. Vue pleine de sérénité ; je la considère comme une vague promesse de félicités futures. Lorsque tu as une tonne de marbre sur le ventre, les tracas matériels ou sentimentaux te laissent froid.

L'établissement ne s'enorgueillit que de panonceaux confidentiels. Il est discret, modeste et, à première vue, de bon ton.

A la réception, une personne sans âge, mais le paraissant bien, classe des paperasses souillées de chiffres.

Mon entrée la fait retirer ses lunettes, maintenues par une chaînette, et sourire accueillamment.

Presque illico, elle s'exclame :

– San-Antonio !

Ce qui semblerait indiquer qu'elle me connaît.

Je la scrute plus avant, sans éprouver le moindre sentiment de « déjà-vu ».

— Vous ne vous souvenez pas de moi, poursuit-elle sans se formaliser.

Expression plus ou moins niaise de l'intéressé.

— J'avoue que..., commenté-je longuement.

— Rien de surprenant, s'empresse la dame dont au sujet de laquelle je te fais état ; on s'est si peu vus ! Vous vous rappelez le *Fluctuat nec Vergetures*, un ancien casino de quartier transformé en cinéma ?

— Plus que vaguement, reconnais-je.

— Il a été démoli et remplacé par un immeuble locatif. Mais, il y a une douzaine d'années, on y projetait des films *hard*. J'y allais beaucoup. C'était l'époque où mon mari venait d'être emporté par le cancer. Je manquais d'homme, alors je m'arrangeais pour m'asseoir près d'un spectateur non accompagné. Ça ne ratait jamais : au bout de dix minutes il se mettait à me faire du genou et à caresser mes cuisses. Moi, ça m'échauffait. Avec mon Aristide, si je vous disais, on a eu des rapports presque journaliers jusqu'à quinze jours avant son décès.

« Polie, je rendais ses obligeances au monsieur. Souvent, je tombais sur des goujats qui se laissaient aller dans ma main ; vous imaginez ce bonheur ! Notez qu'en prévision je me munissais de Kleenex. Heureusement, il y en avait quelques autres, comme vous, ayant du savoir-vivre et faisant les choses proprement. On quittait nos places pour monter à la galerie désaffectée datant de l'époque casino. J'y avais repéré un coin tranquille dans une ancienne loge. »

— Je me souviens parfaitement, dis-je ; je vous dois un moment de grande qualité. J'ai eu le vif plaisir de vous prendre en levrette, si mes souvenirs sont fidèles ?

— Exactement. Quelle merveilleuse enfilade ça a été ! En rentrant chez moi il m'a fallu boire une grande Chartreuse jaune pour me remettre.

Je lui souris, et pourtant je n'ai guère le cœur à ça.

— Vous m'aviez reconnu, pendant ces brèves relations dans la pénombre, bien que vous fûtes de dos ?

— Deux jours après, j'ai vu votre photo dans le journal : vous veniez d'arrêter un gangster très dangereux...

Pendant qu'elle évoque, je contemple son visage en cours de vieillissement : de fines rides, un regard qui se creuse, des plis perpendiculaires autour de la bouche, et surtout cette vague odeur de « plus-jamais-ça », si navrante, si désenchantante.

— Vous continuez d'aller au cinéma ? lui demandé-je d'un ton coquin.

Elle hoche la tête :

— De temps en temps, mais pour voir un film.
Et elle éclate de rire.

Après quoi, force m'est de devenir profession-
nel :

— Quelqu'un qui m'intéresse a perdu l'une de
vos cartes magnétiques.

Je place ladite sur son comptoir, comme on
abat un valet d'atout à la belote.

— Vous est-il possible de savoir à quelle
chambre elle se rapporte, douce amie ?

Elle rougit d'émotion en se voyant mobilisée
dans l'engrenage d'une enquête.

— Vous tombez à pic ! fait-elle. On a changé
l'appareil le mois dernier. Avant, je n'aurais pu
vous donner cette précision.

Elle biche le petit rectangle dur et l'introduit
dans la bouche chromée d'une machine fixée
derrière son comptoir.

— Le 26 ! annonce-t-elle avec un vibrato de
triomphe dans la voix.

— Magique ! m'exclamé-je.

— Je vous rends la carte ?

— Oui, car je risque d'en avoir besoin. A ce
propos, puisque vous possédez un tampon
encreur, donnez-moi un échantillon de vos
empreintes, pour les dissocier de celles figurant
déjà sur cette « clé ». Et maintenant, chère
inconnue du *Fluctuat nec Vergetures*, si vous me

fournissez l'identité de votre locataire du 26, mon cœur vous portera en triomphe !

Elle avance ses lèvres moletées comme pour recueillir l'ultime goutte de sperme perlant au bout d'une bistoune fraîchement essorée.

— C'est le père Pierre Chatounet, un vieux missionnaire retour de Somalie.

11

DES CONS VENUS : DÉCONVENUE.

Ça se voyait comme comme l'Empire State Building qu'elle aurait volontiers remis le couvert avec ma pomme, la gentille de la réception. La troussée du jubilé la tentait, espère. En cet instant, sa figue ressentait ma belle tringlée levrette d'autrefois, quand je la tirais dans la loge désaffectée du vieux casino. Elle se serait même contentée d'un petit calumet express dans le boui-boui attenant, réservé à la comptabilité. Elle arrivait à un moment de son destin où on fait flèche de toute queue. Seulement, elle tombait mal, Rosemonde (elle m'avait révélé son blase) ; dans l'état mental où je me trouvais, même la sublime Ophélie Winter n'aurait pas réussi à m'extrapoler le pollen.

Le père Chatounet étant absent, j'ai visité sa chambre. Pas folichonne ! Un gros chapelet accroché au montant du lit ; sur la table de chevet un crucifix noir, un missel et quelques livres pieux, dont la vie de saint Jérôme Garcin qui combattit les Hordes de Cons dans les plaines du château d'If.

A l'intérieur de l'armoire, des fringues austères (voire *pater noster*), et encore des ouvrages à la lecture rébarbative.

Sur le bureau, la photo d'un vieillard en soutane, au milieu d'un groupe de négrillons hilares.

— C'est lui ? questionné-je.

— Oui. Vous ne trouvez pas qu'il a une tête de saint ?

— J'en ai connu des saints avec des gueules de forbans, assuré-je.

Je suis déçu ; plus flétri de l'âme que jamais. Mais cependant, la flicaillerie me réempare. Comment se fait-il que la clé de cette chambre soit venue jusque dans notre plate-bande d'iris ? Tu as une explication valable à me soumettre, Sylvestre ?

— J'aimerais parler à cet ecclésiastique, dis-je à la dame en train de jouer l'*Éternel retour* (d'âge).

— Il fait un remplacement au Sacré-Cœur de Montmartre, m'assure-t-elle, et ne regagne l'hôtel qu'en fin de journée.

J'opine (elle préférerait mieux), elle me croque de la prunelle et murmure :

— Vous êtes plus beau « qu'avant » !

— Merci.

— J'adore vos deux petites rides au coin des yeux.

— Je reviendrai vous voir lorsque j'en aurai quatre, promets-je. Il est à vous, l'hôtel ?

— Non, à ma tante. Elle est âgée et ne sort plus beaucoup de son appartement.

— Vous faites tourner l'établissement toute seule ?

— Avec deux femmes de chambre et un vieux valet qui se payait tantine lorsque ses rhumatismes ne l'avaient pas encore clouée dans un fauteuil.

— C'est quoi, le genre de la clientèle ?

— Des gens paisibles : représentants, vieux amants, femmes seules choisissant ce mode de vie avant d'aller dans quelque Hespéride.

Je l'écoute en branlant le chef. Je devrais calter maintenant, pourtant une force mystérieuse me retient dans la piaule du père Chatounet.

— Il y a longtemps que le religieux est arrivé chez vous ?

— Six jours.

On redescend après que l'exquise Rosemonde a coulé en direction du plumard ce regard suprême que la vache accorde au vétérinaire venant de l'inséminer. C'est alors que je perçois des aboiements facilement reconnaissables : ceux de Salami resté dans ma Jag, car ce palace pour curés est interdit aux clébards.

– Excusez-moi ! fais-je sobrement en fonçant à l'extérieur.

Mon cador est assis à la place passager, comme à son habitude, la truffe engagée dans l'ouverture de la vitre légèrement baissée.

– Que t'arrive-t-il, amigo ? lui demandé-je.

Mon quadrupote pousse un lamento si admirablement modulé qu'un ténor italoche en bédolerait de jalousie.

– Besoin de licebroquer ? ajouté-je en déponant.

Sans me donner la moindre explication, le brave clebs bondit sur le trottoir, puis se précipite dans l'hôtel.

Je l'imite. Entre au moment où ma convoitrice se met à lui vociférer contre.

– C'est mon chien ! l'interromps-je.

Salami se trouve déjà dans l'escadrin ; il a l'air d'une grosse chenille ascensionnaire. Il respire plus fort que mon tonton Hugues qui était asthmatique comme un accordéon percé. Faut le voir passer chacune des marches à l'aspirateur nasal, kif l'engin dont les gaziers de la voirie se servent pour enlever les feuilles mortes lesquelles, depuis lurette, ne se ramassent plus à la pelle.

Il grimpe lentement, atteint l'étage, cornifle puis fonce jusqu'à la chambre du père Chatounet et se retourne pour demander qu'on la lui ouvre. J'enjoins à mon amoureuse de le faire.

– Que cherche-t-il ? questionne-t-elle, impressionnée par le comportement houndien.

– Le sait-il lui-même ?

Le bon toutou se rue chez le missionnaire, se prend à tourner en rond au centre de la petite chambre avant de se diriger vers l'armoire dont il gratte frénétiquement la glace, produisant un vilain son crisseur.

Je l'ouvre.

Rapide coup de truffe, puis Salami se dresse sur ses misérables pattoches arrière et aboie de nouveau.

– Dites-lui de se taire ! supplie Rosemonde. Si ma tante l'entend, elle va crier au scandale car elle a horreur des chiens !

– Tu as entendu madame, fais-je à mon cador.

Il jette un regard flétrisseur sur l'ancienne pin-up du *Fluctuat nec Vergetures* et hausse les épaules, exercice qu'il est le seul de son espèce à pouvoir réaliser. N'après quoi, se remet en position verticale et, de son museau galochard, m'indique de grimper sur une chaise pour examiner le dessus de l'armoire.

Je souscris à cette requête. Trouve sur le chapiteau du meuble un sac de plastique provenant d'une grande surface voisine (non : il ne s'agit pas du cimetière). Le paquet est plutôt léger. Je me déperche pour l'aller ouvrir sur le lit.

Et voilà mon cœur qui vole en éclats ! Je me tétanise tel le poisson « traité » par une gymnote [1]. Tout chavire, le monde titube, la mère Rosemonde se met à sentir l'asperge pissée !

Ce que contient le sac, Ravaillac ?

Ni plus ni moins que le pyjama d'Antoinette ! Il est rose frêle, décoré d'une maman canard et de ses deux canetons. Une inscription en suédois est tracée au-dessous, que je ne saurais lire puisque je ne parle que des langues usuelles.

Un immense frisson glacé me parcourt de bas en haut. Seigneur tout-puissant (d'après ce qu'on dit), je Vous supplie d'épargner ma petite fille.

Je suis triste et désenchanté comme la vie d'un con.

1. Anguille d'Amérique du Sud qui paralyse ses proies.

12

ÉRECTION SPONTANÉE.

Il tenait difficilement sur ses jambes grêles qu'il comparait à des pattes d'échassier car il aimait l'autocritique. Une existence chétive d'enseignant, sans le rendre pingre, l'avait amené à l'économie, c'est pourquoi, en quittant l'hôpital de Toulon, il s'abstint de fréter un taxi et préféra attendre l'autobus pour gagner la gare.

Il faisait un temps à sortir les cages à serins sur les appuis de fenêtre. Les filles portaient des jupes courtes leur interdisant de tricher sur la qualité de leurs jambes, et les grosses dames offraient aux regards salaces ces balcons en comparaison desquels celui de Juliette aurait ressemblé à un perchoir pour perroquet sanieux.

En les croisant, M. Félix se dit qu'il n'avait depuis longtemps déchargé entre les seins d'une matrone, l'ampleur de son sexe exigeant pour cette pratique des glandes mammaires furieusement développées. D'autre part, l'âge qui diminuait l'abondance de ses émissions séminales, l'incitait à ne plus les libérer au grand jour. Grâce au ciel (peu imploré dans l'enseignement), il continuait, nous l'avons vu, de triquer, procurant à nos belles amies d'admirables bandaisons.

Quand l'autobus survint, le cher homme s'aperçut que le véhicule ne desservait pas la gare. Il en fut d'autant plus marri que son délabrement physique rendait ses valises de plomb, comme l'écrivait si bien Flaubert à la marquise de Sévigné.

Exténué pour avoir trop présumé de ses forces, il se résigna à héler un taxi, mais à cette heure de gros trafic, aucun d'eux ne maraudait. Désemparé, le prof s'attela derechef entre ses bagages pour continuer à gravir son Golgotha. C'est alors que cette providence sur laquelle il n'aurait pas misé un kopeck se manifesta.

Une limousine (Félix usait encore de termes surannés) s'arrêta à sa hauteur et le conducteur lui tint ce langage altruiste :

– Vous paraissez fatigué, monsieur, puis-je vous déposer quelque part ?

Une telle invite parut au vieillard une musique aussi belle que celle produite par Marcel Azzola sur son instrument à touches de nacre.

– Monsieur, répondit-il, nous agonisons au sein d'une époque où de telles propositions n'ont plus cours, aussi la vôtre me va-t-elle droit au cœur et je l'accepte avec reconnaissance.

Une commande intérieure permettait au chauffeur de débonder son coffre. Quand il l'eut actionnée, le retraité y plaça ses bagages, se disant que cet être serviable aurait pu pousser l'amabilité jusqu'à se charger d'une aussi pénible manutention, ce nœud ! Il accomplit pourtant le chargement, rabattit le couvercle et prit place auprès de son « sauveur ».

Celui-ci était un homme dans la force de l'âge, brun, aux yeux huîtreux. Il portait des lunettes à meneaux et un élégant blouson de daim beige sur une chemise rose clito.

— Où puis-je vous déposer ? s'informa-t-il.

— Je souhaiterais me rendre à la gare, si toutefois la chose ne vous contraint pas à un trop grand détour ?

— J'ai tout mon temps ! assura l'obligeant. Vous partez loin, si ce n'est pas indiscret ?

— Je rentre à Paris.

Le tomobiliste eut une brève exclamation.

— Je m'y rends également, figurez-vous ; cela vous conviendrait-il que nous fassions la route ensemble ?

— C'est trop de générosité ! se confondit le bonhomme. En ce cas nous partagerons les frais d'essence.

— Vous plaisantez ! J'aurais l'impression de faire du transport en commun ! C'est moi qui suis ravi d'avoir un compagnon de voyage. Souhaiteriez-vous que je branche la radio ?

– Qu'il en soit fait selon vos habitudes, je ne saurais les troubler le moins du monde. Vous êtes chez vous, cher monsieur...

– Malandryn. Herbert Malandryn, avec un « y ».

Le prof se nomma à son tour, puis murmura :

– Je n'ai qu'une requête à formuler : que vous m'arrêtiez un instant devant une pharmacie car je dois absolument acheter un remède pour mon cœur délabré.

– Puis-je savoir ce que vous prenez ?

– Du Nitroderm TTS 5. Vous touchez à la médecine ?

– Pas le moins du monde, mais mon père étant cardiaque depuis des années, j'ai fini par m'intéresser à la question.

Ils traversaient la banlieue toulonnaise pour aller prendre la voie menant à l'autoroute. L'homme au blouson aperçut au loin la croix verte d'une officine. Il ralentit pour se ranger en double file à quelque distance du magasin.

Une petite femme blonde, à l'air un tantisoit fripon s'enquit de ce que souhaitait Félix. Celui-ci fournit le nom de la médication, puis demanda à téléphoner à son cardiologue parisien. Le pharmacien-chef, un grand chauve coiffé d'une moustache de phoque faillit riposter qu'il ne tenait pas un bureau de poste, mais la mine hâve du client mobilisa ce qui subsistait en lui de compassion et il fit signe à l'employée de conduire le vieillard dans son bureau.

Là, le digne homme tira de ses poches un carnet délabré recelant, entre autres numéros téléphoniques, celui de San-Antonio.

Le composa.

Une Ibérique pour corridas périphériques lui dit en sanglotant que le *señor* était absent, mais qu'elle pouvait, en revanche, proposer le *señor* Bérou.

Félix s'en contenta.

— C'est toi, Félisque ? mugit la seconde queue de France (après celle du bonhomme). Si tu saurais tout c' qu' arrive !

Le correspondant rétorqua sèchement qu'il compatissait en bloc mais n'avait pas le temps d'ouïr les misères d'autrui, trop accaparé par les siennes.

— Je suis en train de me faire proprement enlever à Toulon par un automobiliste d'apparence serviable, fit-il. Ce dernier assure qu'il va à Paris, alors qu'il ne possède pas le moindre bagage, fût-ce un simple porte-documents. As-tu de quoi écrire ? Je vais te communiquer le numéro d'immatriculation de son véhicule.

Le Gros assura « qu'avait c' qu'y faudrait près du biniou à Sana ». En foi de quoi, l'universitaire épela la plaque minéralogique de son transporteur.

— Si qu' tu peuves téléphoner, pourquoive téléphone-t-il-tu pas à la police d'où qu' t'es ? s'inquiéta-t-il avec son cartésianisme coutumier.

— Par simple curiosité, avoua le philosophe ; je m'intéresse à la suite !

Il raccrocha, régla ses dettes à la gente pharmacienne, laquelle contemplait avec stupeur le renflement féroce de sa braguette.

Félix lui sourit d'un air amusé.

— Je conçois votre surprise, jolie madame, murmura-t-il. Vous outragerais-je en vous assurant que vos effluves discrets sont à l'origine du phénomène ? Chaque individu s'accompagne d'une odeur particulière. Si vous voulez bien me confier votre dextre un instant, je vous ferai vérifier l'ampleur de mon émoi. Vous pourrez dès lors vous vanter d'avoir eu en main le sexe masculin le mieux avantagé par la nature.

Avec cette autorité bienveillante qui rendait ses conquêtes aisées, il s'empara des cinq doigts de la confuse pour constituer une moitié de collier à son monumental appendice.

Elle pétrit, incrédule, ce boisseau de chair en balbutiant :

— C'est incroyable !

— Et pourtant elle tourne ! assura cet émule de Galilée.

Et il partit vers son destin.

13

A L'HEURE OÙ LE MONT FUIT SOUS L'OMBRE QUI LE GAGNE.

– Un chien dans une église ! Mais, monsieur, à quoi pensez-vous ! s'écrie en chuchotant[1] une duègne morigéneuse vêtue de rides et de noir.

Elle me désigne Salami qui se déplace en ce saint lieu, la truffe survoltée *par des senteurs d'encens et de hardes bénites*[2].

– Cet animal est également une créature du Seigneur, madame, fais-je-t-il valoir avec conviction.

– Ce qui n'empêche pas que l'église est interdite aux animaux ! grince la girouette vitupérante.

– Que ne l'est-elle également aux tartufes ! déploré-je, en continuant de déambuler derrière mon beau cador[3].

1. Ce qui est plus facile à réaliser qu'on ne le pense.
2. Superbe alexandrin que je me permets de dédier à ta chère femme qui suce si magnifiquement.
3. Il existe, à Paris, la rue de Boccador où les vieilles dames promènent leur caniche frisé.

— Je vais alerter M. le chanoine Prandeloigne !
déclare la gorgone.

— Faites ! Et qu'il vous bénisse, histoire de
vous enlever le plus gros !

Insensible à ces aigredouceries peu compa
tibles avec la solennité de l'endroit, mon chien
continue de fouinasser dans l'église, au grand
dam des quelques fidèles venus prier le Seigneur
pour qu'Il arrange leurs bidons. Son apparente
errance le conduit à un confessionnal sur la porte
duquel est inscrit : « R.P. CHATOUNET » en
belle écriture ronde, plus guère usitée à notre
époque frivole.

Ce diable (le mot convient pile) de Salami se
met sur ses courtes pattes arrière, passe son pif
sous le rideau de la guitoune à péchés et se
retourne pour m'indiquer de délourder.

Je.

N'aussitôt, il pénètre dans la guérite, respire
longuement l'odeur de vieux bois, de croquenots
sédentaires, de pets refroidis et de sirop pour la
gorge, avant de japper.

— Ta gueule ! Tu vas me faire excommunier !
m'emporté-je.

Tu crois que ça affecte ce mécréant ? Lui, il
appartient à la religion de l'Os à Moelle, alors
nos béniteries, il s'en traîne le cul par terre, fata-
los !

Le revoilà dressé, à gronder et geindre en
fixant le plafond de la cabane rédempteuse.

Delors, je me hisse sur le siège et découvre l'objet de son énervement : un vieux revolver accroché à un clou, au-dessus de la porte. Arme à six coups (comme ma pomme quand je suis inspiré), passablement déglinguée. C'est pas avec une bricole de ce type qu'on aurait pu décoiffer ce pauvre Kennedy.

— Ah ! ça, monsieur, qu'est-ce que vous manigancez là ? s'exclame une voix de basse noble.

Le chanoine annoncé à l'extérieur, calvitie, briochard, patiné deux étoiles, bée de réprobation.

— Je vais appeler la police ! annonce-t-il.

— A quoi bon ? Je suis la Police ! le calmé-je en produisant ma brème enchanteresse.

Du coup, il forme la pagode chinoise avec ses deux sourcils.

Je lui montre le revolver.

— Je viens de trouver ceci dans le confessionnal. S'agit-il d'un nouveau modèle de goupillon, mon père ?

Là, il me visionne pleins phares, les coquilles dilatées par l'effarance.

— Il serait temps que je rencontre le père Chatounet, assuré-je.

— Je le cherche moi-même.

— A deux, nous aurons peut-être plus de chance, dis-je en enfouillant le riboustin auquel il ne manque pas une balle.

Le brave chanoine me drive dans les salles attenantes à la basilique. Une fois hors du saint lieu, il me fait part de son inquiétude concernant le père Chatounet, car ce digne homme n'a pas reparu depuis la première messe du matin. Or, ses effets civils sont encore accrochés dans le vestiaire et, au réfectoire, son petit déje l'attend toujours, la théière emmitouflée d'une cloche de lainage.

– Vous pouvez me fournir un bref curriculum de ce prêtre ?

– Il a été mon professeur, jadis, au petit séminaire. Par la suite, il s'est fait missionnaire et on l'a envoyé dans un bled perdu de Somalie où il est devenu une espèce d'apôtre du désert. Il y a une dizaine d'années, je suis allé lui rendre visite, j'ai été marqué par son ascétisme. C'est un de ces êtres profondément voués aux autres dont, un jour, l'Église fait des saints.

– Les saints possèdent-ils des armes à feu, monsieur le chanoine ? demandé-je doucement.

Il hausse les épaules.

– Rien ne dit que celle-ci lui appartienne.

– En ce cas, serait-elle à vous ou à l'un de vos diacres ?

Vaincu par ma logique, il s'en tire d'un majestueux signe de croix.

– Est-il envisageable que le père Chatounet ait des ennemis ? reprends-je, irrité par ce mystère.

– L'hypothèse est invraisemblable !

– Et cependant il en a ! affirmé-je avec force. Si je vous disais qu'on cherche à l'impliquer dans un rapt d'enfant ?

– J'éclaterais de rire !

– Riez. Je viens de découvrir dans sa chambre d'hôtel les vêtements d'une fillette kidnappée au cours de la nuit !

– Mais c'est de la folie !

– Bonne supposition. Ce missionnaire a peut-être perdu la raison sous le soleil d'Afrique ?

– Sûrement pas !

– Rien de vous a frappé dans son comportement, depuis qu'il est de retour ? Réfléchissez bien, monseigneur.

Touché !

Il devient perplexe car c'est un honnête homme ne plaisantant pas avec les problèmes de conscience.

– Alors ? insisté-je.

– Effectivement il paraissait assez soucieux, mais comme il est atteint d'une grave maladie qui l'a contraint à quitter la Somalie, je pensais...

Il n'achève pas sa phrase car des aboiements véhéments retentissent dans la pièce voisine.

– Votre chien, encore ! grommelle mon terlocuteur, agacé.

– En effet !

– Pensez-vous que la présence de cet animal en ces lieux offre un intérêt quelconque ?

– Primordial !

Nous nous rendons dans le local proche où les desservants de la basilique rangent leurs vêtements sacerdotaux. La pièce, de dimensions modestes, abrite un très large meuble à tiroirs destiné aux soutanes, aubes et chasubles. Salami est occupé à gratter furieusement le dernier tiroir ! Ce qui rend mon chanoine hypocondriaque.

– Un meuble du dix-huitième siècle ! lamente-t-il. Monsieur, ne pouvez-vous ordonner à cette bête de cesser ses déprédations ?

Je lui donne satisfaction, pour le plus vif mécontentement du basset, lequel me coule des regards dépourvus de la moindre estime.

Cela dit, connaissant mon cador, je me doute qu'il n'agit pas de la sorte par plaisir.

– Vous permettez, monseigneur ? demandé-je en m'agenouillant devant le meuble afin d'actionner le débondage.

Vérole ! Comme disait la comtesse de Ségur à sa petite-fille qui s'était carré deux doigts dans la chattoune, il est terriblement dur à ouvrir !

J'arc-boute, bande mes muscles.

Devant mes vains efforts, le chat noir (pardon, c'est dans la confusion), je veux dire : le chanoine, unit ses forces aux miennes.

Ho ! Hisse !

Ça vient. Doucement, mais sûrement.

Nous parvenons à nos fins, comme il est écrit dans les proses bien torchées, mais rasoirs.

Le reste, tu le devines, puisque tu n'es que la moitié d'un abruti : le corps du père Chatounet est allongé dans l'immense tiroir.

14

RHAPSODIE IN BLACK.

M. Blanc, officier de police particulièrement doué, après avoir constaté l'enlèvement de Ramadé, sa chère femme, fit deux choses d'apparences contradictoires mais que son âme africaine jugeait complémentaires. Il prévint ses confrères de la Criminelle et manda Cadillac V 12, sa jeune belle-sœur, laquelle possédait, mes féaux lecteurs le savent, certains dons de sorcellerie hérités de leur père.

Son cœur noble saignait à la perspective qu'on puisse mettre à mal l'irréprochable épouse, et malgré la gravité de l'instant, Jérémie se reprochait de l'avoir parfois trompée avec des filles blanches sans vergogne ni vertu (mot qui ne prend pas de « e » comme laitue bien qu'il soit féminin).

Les enfants, de retour de l'école, pleurnichaient ou questionnaient selon leur âge. Jérémie conservait tant bien que mal son calme, se détournant pour écraser une larme. Il ne pouvait s'empêcher d'imaginer le pire, à savoir un précoce veuvage. Si pareil drame se produisait, il serait contraint d'épouser la cadette, à cause des mômes, ce qui ne constituait pas un pensum, Cadillac V 12 étant une fille plutôt jolie et bien tournée, mais jamais elle ne lui inspirerait un amour aussi radieux que celui voué à Ramadé. A aucun moment de leur vie de couple, il n'avait cherché à initier son innocente compagne aux pratiques de l'amour occidental. Il la conservait pure et sans tache dans l'écrin de leur foyer, sachant bien qu'elle constituait un trésor rarissime.

Cadillac V 12 survint bientôt, hagarde. Ses cheveux décrépés et gominés, formaient des sortes de tuiles noires. Elle avait le teint gris, les yeux jaunes et les lèvres blanches ; rien qui puisse inspirer Gauguin !

Jérémie l'entraîna immédiatement dans la chambre, non pour la baiser, mais pour lui relater la tragédie familiale à l'abri des oreilles enfantines.

L'exquise Sénégalaise réprima ses pleurs, comprima sa poitrine qui gagnait en volume de semaine en semaine (voire d'heure en heure) et écouta le récit de Jérémie. Ce fut long, Blanc ayant pris le sage parti de narrer toute l'énorme histoire à cette fille médiumnique.

Elle suivit son exposé en opinant. Un début d'intense concentration, tremplin incontournable de transe, s'opérait dans son être. Lorsque son beauf se tut, elle ferma les yeux, joignit les mains devant sa chatte raminagrobesque et sa respiration commença à devenir plus lente.

Naguère, c'était Ramadé qui possédait « le don » de leur père ; mais des maternités successives et la pression de la vie française l'avaient émoussé, si bien que, curieusement, sa perception extra-naturelle s'était reportée sur sa cadette.

Les deux sœurs avaient réalisé la chose progressivement. Dans leur pays, on constatait de tels « glissements magiques » d'un membre de la famille à un autre sans en concevoir d'amertume ou de fierté. C'était ainsi et personne n'y pouvait rien.

Reprenant quelque espoir, Jérémie la contemplait, animé d'il ne savait quelle foi pas très catholique. Cadillac V 12 semblait s'être embarquée dans une nacelle, à destination de l'infini. Pas un muscle de son visage ne bronchait.

Au bout d'un temps qu'il jugea interminable, la jeune fille se mit à proférer des bribes de phrases du plus haut intérêt.

– Ils sont arrivés..., chuchota-t-elle. Un grand camion rouge... Ramadé est couchée dans un petit lit... Le camion ne roule pas, il y en a d'autres autour de lui...

Elle s'offrit un silence meublé de hochements de tête et de légers grognements. Puis reprit :

– L'homme de l'auto est reparti... Il roule terriblement vite... Oh ! mon Dieu...

Dans son état second, elle esquissa un signe de croix.

Sachant qu'il ne fallait en aucun cas troubler une « vision » par des questions, l'officier de police rengaina celles qui affluaient à son esprit. Elles eussent d'ailleurs été superflues car la jeune Sénégalaise décrivait la scène :

– L'auto a culbuté un jeune garçon sur sa bicyclette... Le pauvre petit est étendu sur le talus, plein de sang... Son vélo est tordu...

Elle se mit à sangloter, ce qui dissipa immédiatement sa voyance. Levant sur Jérémie un beau visage en pleurs, elle se réfugia dans ses bras. Il la teint serrée contre soi ; eut une érection, terriblement intempestive, mais passa outre.

– Et après ?

– Après quoi ?

Le « contact » était rompu. Chute libre dans l'insipide réalité. A quoi bon insister ?

Par acquit de conscience, il passa la main entre les cuisses de sa belle-sœur, sentit ses doigts, hocha la tête et regagna le living pour téléphoner à la Maison Poulemane.

15

IL N'EXISTE PAS D'AUTRE AVENTURE QUE LE QUOTIDIEN.

L'homme croit jouir de la liberté par la pensée. En réalité, il n'existe aucune liberté de l'esprit. Le nôtre, que nous croyons générateur d'infini, ne possède pas plus d'autonomie que le rongeur enfermé dans une cage. Nos vagabondages mentaux sont dérisoirement mesquins. Nous les ressassons, certains d'être spirituellement sans limites, alors que rien n'est plus étriqué qu'une cervelle humaine. Notre horizon imaginaire dépasse à peine celui de notre vue. Les plus grands penseurs ne sont que des pourvoyeurs d'illusions et nous font croire au faux pour masquer le vrai. Très sincèrement, j'encule Montaigne malgré ma dilection pour le bordeaux.

Que cette brutale prise de position ne t'indispose pas, lecteur hagard. Ces misérables lignes constituent un pauvre jet de vapeur. Entre elles et un pet de cul-de-jatte, il n'y a qu'une odeur et une soixantaine de centimètres de différence.

Je te reprends donc mon récit à l'instant où nous sommes accroupis devant le cadavre entiroiré du père Chatounet.

Un qui en bave les auréoles de tous les saints de sa basilique, c'est le brave chanoine Prandeloigne. Au cours de ses pèlerinages à Lourdes, il a vu un danseur étoile tomber paralysé et la frite de Miss France se couvrir de bubons gorgonzolesques ; mais un pareil prodige, il mettra son solde d'existence à se le remémorer.

Il joint les mains sur l'arête de son nez, en une contrition pas piquée des vers et balbutie :

– Seigneur ! Ô Seigneur ! Pourquoi nous a-t-il-Tu abandonnés ?

Reproche immérité car c'est SEULEMENT le missionnaire qui l'a été.

Plus résigné, au lieu d'envoyer un vanne à mon Créateur, j'entreprends d'examiner le cadavre.

Très vite, je pige qu'on a estourbi le religieux d'un coup violent sur la nuque, puis strangulé à l'aide d'une cravate encore fixée à son cou.

Cette pièce d'étoffe est un élément à bas prix, achetée en d'autres temps dans une grande surface. Pure viscose, elle est noire et luisante d'usure. Il s'agit, sans aucun doute, de celle du religieux. On la lui a « empruntée » après le coup de buis, histoire de parachever son décès.

Sa « mission » remplie, Salami s'est couché dans un angle de la pièce et somnole, le pif à quelques centimètres de ses roustons. Cher clébard zélé, il mérite bien de souffler un peu.

– Je pense aux conséquences ! gémit le Chanoine. Quel scandale !

* *

La chaisière, le bedeau, un abbé, deux religieuses de ménage dominicaines (non par leur ordre mais par leur pays d'origine) ; plus le bon chanoine, évidemment.

Ton serviteur procède à un interrogatoire pointu. Il en ressort que le père assassiné, la messe « basse » achevée, est venu se dessaper dans la pièce où nous sommes et n'a plus reparu.

Seule, l'une des deux religieuses l'a vu y pénétrer alors qu'elle promenait l'aspirateur dans le couloir. Celle-là même qui avait préparé son petit déjeuner.

Je modifie la trajectoire de mes questions.

Quelqu'un aurait-il aperçu un individu, voire une individuse, étranger (ou gère) à la basilique ?

Réponse : nenni.

Tout se déroulait comme chaque jour dans l'harmonie d'une routine parfaitement établie.

Cependant, le meurtrier s'est bel et bien introduit dans les locaux, y a commis son crime et s'est remporté, cela au moment où la vie commençait à reprendre !

Par exemple, on peut se dire que, pendant la séance d'aspirateur, il se trouvait déjà à pied d'œuvre dans le vestiaire, guettant le retour de l'officiant. Son assassinat accompli, il est reparti sans être vu ! Quelle audace ! Doit avoir des nerfs d'acier, ce tueur de prêtre.

— Personne ne l'a assisté pour dire la messe ?

— Si, moi, fait la chaisière avec qui j'ai eu des mots.

— Vous n'auriez pas remarqué quelqu'un qui l'aurait observé pendant l'office ?

— Il y avait peu de fidèles à cette heure.

— Justement : ils étaient plus facilement repérables.

Elle scrute sa mémoire et cigogne des endosses.

— Franchement, je ne vois rien de particulier...

Et puis elle se tait, comme saisie d'une idée subite, diraient des plumitifs du rayon prêt-à-porter.

— Encore que...

Mille fois je te l'ai répété : ne jamais brusquer le sujet aux prises avec sa mémoire.

Je patiente, sans trop céder à l'espoir, lequel, souvent, tourne court. L'être humain est un instrument (à vent, pour ce qui est de Béru) ne jouant pas à la commande.

La rate d'église finit par murmurer :

— Au premier rang des fidèles présents se trouvait un prêtre que je n'avais encore jamais vu : un Asiatique. Il ne perdait pas le pauvre père des yeux. Ce qui m'a surprise, c'est qu'il semblait étranger à la liturgie.

— Qu'entendez-vous par là ? lui demandé-je-t-il de préciser.

— Il s'agenouillait ou se signait à contretemps comme un homme possédant mal les rites de notre sainte Mère l'Église. Troublant de la part d'un ecclésiastique [1], vous ne pensez-pas ?

— En effet. Voyez-vous quelque chose à préciser ?

— Lorsque le père Chatounet a eu achevé sa messe, le prêtre en question s'était déplacé pour s'approcher de la sacristie. Ensuite, je ne l'ai plus revu.

— Eh bien ! voilà qui ne manque pas d'intérêt ! la complimenté-je.

Usant de mon « portable », comme on dit puis de nos jours d'exiguïté planétaire, je tubophone à mes camarades de la Crime en leur signalant le meurtre et en leur recommandant la plus grande discrétion.

---

1. En l'occurrence, on pourrait le qualifier d'eccléasiatique.

Cette seconde partie de mon discours me vaut une action de grâces de derrière les fagots que le chanoine tenait en réserve pour une grande occasion.

Qu'il en soit remercié.

16

LES TROMPETTES DE LA MORT.

C'est ainsi que l'on appelle une variété de champignons noirs, en forme de corne d'abondance, qui n'ont guère plus de goût qu'un préservatif cuit au beurre, mais présentent l'indéniable avantage de ne pas être vénéneux.

J'ai la trompette de la mort dans l'âme en gagnant la Maison Poulardoche, lourd de mon chagrin et de mes déconvenues. *N'ai-je donc tant vécu que pour cette infamie ?* Le rapt de ma fille nouvelle venue m'évide comme un vieux saule. Je dole[1] comme un champion de course à pied venant de se faire sectionner les pattounes par les roues du T.G.V.

Teureusement[2], en pénétrant dans nos chers locaux, j'ai la grande soulageance d'y retrouver Béru et Jérémie Blanc. L'un et l'autre sont détor-

---

1. Du verbe « être dolent ».
2. Tiré de l'expression : « Fort heureusement. »

peurés et possèdent cette expression volontaire et farouche propre à « La Marseillaise » de Rude.

Je leur en fais la remarque.

— Nous avons du nouveau, me révèle le Blafard-en-négatif.

— C't'-à-dire qu'y a du neuf, quoi ! sous-titre le Plantureux.

Nous sommes dans le bureau codirectorial mis à ma disposition par mon successeur, lequel, soit dit entre nous et le mausolée de Lénine, est plus souvent à la pêche qu'à l'honneur.

M. Deux-quintaux débute :

— Félisque s'est fait enl'ver en quittant l'hosto de Toulon par un tomobilisse que voici son numéro immatriculationnaire. J'aye alerté les gendarmeries su' l' parcours Toulon-Paris. Les bédis d'Avignon ont r'tapissé la guinde : un' Béhèmevé grise. Leur état-majorque a pris les disposances pou' qu'on va la suive jusque z'à sa destinée. Ord' ne n'interviende qu'en cas d' grabuge.

— Excellent ! approuvé-je. Voilà un point positif dans ce tas de gadoue fétide ! Et en ce qui te concerne, Jérémie, mon presque *brother* ?

— Ton esprit cartésien va regimber, promet-il.

— Je l'ai laissé au vestiaire.

— Tu as eu l'occasion de t'en apercevoir antérieurement : Ramadé, mon épouse, possédait un don de voyance.

— Je l'admets.

— Celui-ci, par je ne sais quel phénomène supranaturel, l'a quittée pour se reporter sur sa jeune sœur, Cadillac V 12.

— Les caprices psychiques sont mystérieux, veux-je bien reconnaître.

— Alertée par mes soins, la cadette s'est précipitée chez nous et a eu une vision : un homme conduisait ma femme jusqu'à un parking pour la transborder à l'intérieur d'un énorme camion rouge.

— Intéressant, dis-je pour ne pas blesser la susceptibilité d'un Noir riche d'une vaste culture encyclopédique.

— Ce n'est pas tout.

— Quoi encore ?

— Le kidnappeur de Ramadé a causé un accident, quelques kilomètres plus loin : roulant à grande vitesse, il a percuté un jeune cycliste et s'est enfui.

— Dis donc, elle a des voyances commanditées par Afflelou, la petite Noirpiote !

Le grand Primate des gueules me vote une mimique écœurée.

— Naturellement, tu ne crois pas à cette histoire ?

— Pas encore, mais je vais faire mon possible.

— T'as la mémoire courte, et pourtant ma femme et sa sœur te l'ont rendue, y a pas si longtemps [1].

1. Cf. : *Ceci est bien une pipe.*

Il sort un faf de son blouson.

– J'ai fait diffuser un message prioritaire. Voici deux heures un jeune garçon de 14 ans, nommé François Lechampit, a été percuté par une Volvo bleu foncé roulant à vive allure sur la N 20, en direction d'Étampes. Or, tu sais que Sédar, mon aîné, a vu embarquer sa mère à bord d'une Volvo bleu marine !

« Le gamin souffre d'un traumatisme crânien et d'une fracture ouverte à la jambe gauche. Le conducteur de la voiture ne s'est pas arrêté. Un automobiliste est parvenu à noter une partie de sa plaque minéralogique, j'ai communiqué cette fraction de numéro au Service des cartes grises.

« Par ailleurs, la brigade d'Étampes va se mettre en quête d'un camion rouge de fort tonnage, susceptible de stationner ou se déplacer dans la région. »

Il a le triomphe modeste, seigneur Palmier. Pas de pose avantageuse, ni de regard souverain.

– Direction Étampes ! fais-je.

**
* **

Une fille jeune, mais déjà utilisée, expose ses slips arachnéens sur un fil d'étendage lorsque je l'aborde.

Elle est brune, avec des seins joyeux et un regard qui te fait le tour du propriétaire en moins de jouge. Elle crèche dans un pavillon grand comme une pendule suisse et fredonne l'air à la con que chante triquotidiennement un goualeur à la con dans un poste à la con.

– Bonjour! je lui gazouille de ce ton qui fait fondre les gerces comme beurre en enfer.

Elle me confie des yeux en comparaison desquels les prunelles de la Joconde ressemblent à celles d'une contractuelle malade. Me sourit gentiment.

Je lui désigne l'aire de stationnement située au-delà de son jardinet.

– Dites-moi, jolie demoiselle, vous voyez ce gros camion rouge, près du point d'eau?

– Ce serait difficile de ne pas le voir, rigole cette joyeuse.

– Vous sauriez me dire s'il est stationné là depuis longtemps?

– Ça doit faire le troisième jour.

Elle a envie de me demander ce qui motive ma question; s'en abstient dûment, intriguée par le Noir et l'obèse qui m'escortent.

– Savez-vous où se trouve son conducteur?

– Il a dû aller faire des provisions à Étampes, avec sa mob'.

– C'est quel genre d'homme?

Elle hausse les épaules.

– Ben... un camionneur... Il a un pull bleu marine, un jean, une casquette de toile. Pourquoi me demandez-vous ça?

– Histoire de me tenir au courant...

– Il y a bien une raison ? insiste cette petite curieuse.

Qu'à cet instant précis, un léger coup de vent retrousse sa jupe, nous permettant d'apercevoir une petite culotte mauve, cousine germaine des blanches qu'elle met à sécher (nos gorges sèchent plus vite).

Comme, dérouté par mon émoi, je tarde à lui donner satisfaction, elle insiste :

– Qui êtes-vous ?

Je retrouve mes esprits :

– Devinez ! Un mot de six lettres commençant par un « P » et se terminant par un « E ».

– Police ?

– Gagné !

Elle me découvre trente-deux perles fines à l'éclat nacré.

– Il a commis une infraction, le gars du camion ?

– Ça se pourrait.

– Il est italien, comme son gros « Q ».

– Vous lui avez parlé ? coupé-je.

– Non, mais il chante en cassant la croûte sur une table du parking. Il possède d'ailleurs une très belle voix pour la *canzonetta*.

– Il est seul ?

– Des gens viennent le voir en bagnole.

– Ces voitures sont immatriculées à l'étranger ?

– Je n'ai pas fait attention. Vous savez, je ne le surveille pas, ce type. Je l'aperçois quand je viens dans le jardin, et puis je ne suis pas toujours là. Je travaille chez un médecin dont c'est le jour de fermeture.

– Merci pour votre coopération.

– Elle est réduite à sa plus simple expression, pouffe l'adorable créature que je transformerais volontiers en girouette après l'avoir installée confortablement sur mon paf ; mais je n'ai pas le cœur à « ÇA », crois-je te l'avoir indiqué un peu plus haut, à gauche.

Prise de congé aimable, suivie d'un long soupir propice à toutes les mouillances.

Mes compères qui ont observé notre échange en silence me défriment d'un œil fustigeur.

– Où en es-tu ? demande Jérémie.

Béru et lui sont partisans d'explorer le véhicule sur les flancs duquel sont peintes d'énormes boîtes de pâtes au nom réputé.

– Délicat, réfléchis-je. Si ce camion est de bon aloi, nous risquons, en cas de suif, des complications diplomatiques avec la sœur latine.

– N'en c' cas, c'est moive qu' j' prends l'initiative.

Rare qu'il joue les Jeanne Hachette, messire l'Obèse. Il nous plante pour se diriger d'un pas massif vers le lourd engin.

Naturellement la porte est *chiusa*. Alors tu sais quoi ?

Non, franchement, il doit souffrir d'un décollement de la cervelle consécutif à l'assassinat de sa Ricaine ! Le voilà qui sort de ses hardes son vieux tromblon à la crosse déglinguée.

A l'instant où je hurle : « Non, Gros ! Fais pas ça ! », il balance deux bastos à série limitée dans la serrure de l'énorme véhicule.

Le double impact obtient les résultats qu'il escomptait puisque nous le voyons déponer la porte latérale de ce « vaisseau de la route » comme l'appellerait une poétesse de mes relations, laquelle se masturbe avec son stylo dont le capuchon la tranquillise, côté procréation.

Sa Majesté féodale pénètre sans vergogne à l'intérieur du monument à roulettes.

– Il est gonflé ! fait mon Jéjé avec un soupir d'admiration. En plein jour, au milieu d'une aire de stationnement, faut oser. C'est la correctionnelle assurée !

– Baste, dis-je, nous en avons fait d'autres, et des plus risquées.

– Tout de même pas avec une telle impudence !

Un moment s'écoule, sans que nous bougions un cil ou un poil de mollet. Nous attendons, le guignol comme un crustacé jeté vif dans le court-bouillon.

Un pressentiment me point : certitude qu'il va imminemment se passer du peu banal. Et je suis persuadé que le Mâchuré est dans les mêmes transes.

Enfin un début de quelque chose se produit près du monstre rouge que cernent des camionneurs dont le somme réparateur a été troublé par les coups de feu du Magistral. Alexandre-Benoît se présente de dos pour dégravir les trois marches. Il a les bras tendus vers l'intérieur, comme s'il aidait quelqu'un à descendre.

J'aperçois le pan d'une jupe. Et puis une jambe de dame.

Chancelante, Berthe Bérurier sort du camion.

17

LES CHEMINS
DE L'AVENTURE ANGULEUSE.

Peu préoccupé de sa vie, Félix avait fini par s'endormir. L'équipée lui semblait presque plaisante et il n'était guère angoissé par sa finalité. Il n'ignorait pas que son odyssée pouvait mal tourner, mais sa condition de philosophe à la retraite le rendait fataliste. Par ailleurs, la communication téléphonique avec ce poussah de Bérurier l'aurait rassuré s'il avait été perméable à la peur.

Félix somnolait donc. Parfois le sommeil l'entraînait dans une plongée abyssale (habit sale) de courte durée. Il remontait rapidement, sans décompresser, pour retrouver la réalité, à savoir qu'il était au côté d'un homme bien mis et détendu, pilotant une voiture cossue.

« J'ai dû me faire des idées rocambolesques, songeait le doux vieillard. Mes mésaventures récentes m'inclinent à délirer. »

Il s'éveilla tout à fait à la hauteur de Chalon-sur-Saône : le serviable conducteur s'arrêtait dans une vaste station d'essence pour faire le plein.

– Souhaiteriez-vous prendre une collation ? demanda-t-il à son passager pendant que le précieux liquide s'engouffrait dans le réservoir.

– Je mangerais volontiers quelque croque-monsieur, admit le bonhomme ; me permettez-vous de vous en proposer un ?

Pour ne pas le désobliger, l'autre accepta et ils se retrouvèrent debout devant une petite table ronde haut perchée.

Leur chiche en-cas arrosé de bière sans alcool achevé, ils reprirent la route. Le temps s'assombrissait à mesure qu'ils se dirigeaient vers le nord et des gouttes de pluie ne tardèrent pas à s'écraser sur le pare-brise, lourdes comme des fientes de pigeon.

Enhardi par les heures qu'ils venaient de passer ensemble, Félix questionna son compagnon à propos de ses occupations.

Herbert Malandryn lui apprit qu'il négociait des droits cinématographiques pour le compte d'une société américaine.

Il cita plusieurs titres de films dont l'ancien prof n'avait jamais entendu parler car il détestait le 7e Art, l'estimant « fabriqué » et souvent niais.

Le silence revint insensiblement les séparer. Deux êtres n'ayant rien à se dire finissent immanquablement par faire mutisme à part.

Quelques centaines de mètres en arrière, une Citroën banalisée les suivait, avec à son bord deux policiers de la brigade d'Avignon. Logiquement, des confrères à eux auraient dû prendre le relais depuis longtemps, mais il s'était produit un sac d'embrouilles dans la transmission des consignes, aussi les pandores du Vaucluse poursuivaient-ils en conscience leur filature.

La circulation restait fluide. Les balais d'essuie-glaces faisaient entendre leur zonzonnement un tantisoit geignard. Pendant la première partie du trajet, le brigadier Vaubecours avait raconté ses déboires conjugaux à son subordonné. De là, ils passèrent à la Coupe de France de foot, chacun d'eux y allant de son pronostic. Après quoi, Germain Pilon qui conduisait, fit le procès de son beau-père, un vieux grigou enrichi dans les fruits et légumes, lequel refusait de le cautionner pour l'achat d'une maison à Pont-de-Poitte.

— Gaffe ! ils vont s'engager sur l'aire de stationnement avertit le cocu chef.

Effectivement, la bagnole qu'ils filochaient obliqua pour pénétrer dans la zone de repos. Elle stoppa devant le petit bâtiment affecté aux toilettes.

Les perdreaux contournèrent l'endroit et allèrent s'embusquer dans un bosquet d'acacias proche de la zone « goguenarde »[1].

Le vieillard descendit et gagna les tartisses en commençant de dégager sa braguette pour déballer de ses brailles sa monumentale chopine. Toute sa vie, ce membre d'exception lui avait posé problème. Il avait pris l'habitude d'uriner dans des vécés clos et non dans des pissotières, ces dernières ne lui permettant pas de dissimuler sa verge aux regards des autres licebroqueurs.

Dans leur CX, Vaubecours et Pilon ricanaient de l'incontinence manifestée par Félix. Eux avaient profité de la halte de Chalon pour aller faire « pleurer le gosse ».

Le B.A. BA du métier : ne jamais conserver une vessie pleine, car elle porte atteinte à la disponibilité du flic.

Ils branchèrent la radio pour écouter les nouvelles. Il y avait toujours une guerre au feu, si l'on peut dire. Les Ricains qui « intervenaient », histoire de faire marcher le commerce, les pauvres. Ils n'avaient qu'à fabriquer des armes, il se trouvait perpétuellement des connards pour les utiliser.

Pendant qu'ils ingurgitaient les infos, il se produisit, non loin d'eux, une terrifiante explo-

1. Extension du mot « gogue ».

sion. Une énorme boule de feu parut tourner sur elle-même, tandis qu'une épaisse fumée noire s'élevait dans des volutes d'apocalypse.

— Bordel à cul, c'est « notre » bagnole ! égosilla le brigadier, marquant par ce possessif qu'il s'agissait de la voiture suivie.

Ils jaillirent de leur véhicule pour courir sus au sinistre. Ils ne purent s'en approcher tant le brasier était déjà adulte.

A travers le buisson ardent, c'est tout juste s'ils distinguaient les formes de la voiture en train de se transformer. Les tôles se convulsaient, une vague silhouette d'homme, fantôme de flammes, gesticulait, ceinturée, au milieu de cette ignition. Elle cessa de s'agiter très vite et le phénomène de la combustion seul continua de la mouvoir.

— Seigneur ! Tu as vu ? questionna le gradé.

— Ça me rappelle un film sur le Viêt-nam, renchérit son compère.

— Je te parle pas de l'incendie, mais de ÇA !

Il montrait le vieux prof hébété sortant des cagoinsses, le futal en socquettes, la tête de son paf au niveau des genoux.

18

IL FAUT QUE ÇA PÈTE
OU QUE ÇA CASSE.

– J'ai sorti de chez nous pour passer dire un bonjour à Alfred, not' ami coiffeur. J'allais prend' le métro quand v'là un type qui me bouscule. Il manque tomber, mais y m' rattrape en extrait d' miss, me confond d'escuses, me propose de m' conduire là que je vais, manière de se faire pardonner. Brèfle : l' parfait gentlemane. J'accepte. Monte à son côté. On décarre, qu'aussitôt un zigoto qu'était planqué à l'arrerière se dresse.

« Il m'appuille le canon d'un flingue su' la nuque et m' dit : « Bronche pas, la Grosse, sinon t'auras l' cerveau collé sur l' pavillon de cette bagnole ! » Le vrai goujat.

« Mais caisse j'ai fait ? j' proteste. " T'es la rombiasse d'un gros plein d' merde dont auquel on n' veut pas d' bien. " Le monsieur élégant grogne derrière son volant : " Pas de conversation, je vous prie, Angelo. "

« Alors le mec se tait. On roule et on arrive sur ce parkinge. Pile devant le camion ci-joint ! m'y font z'entrer. Quelle n'est-ce pas ma surprise d'y trouver Ramadé, votre chère épouse, Jérémie, en compagnie d'une mignonne gamine. »

— Non ! nous exclamons-nous, le *dark* et moi.

— Testuel ! Y leur disent de les suive, ce dont elles font, y m'laissent à leur place et puis y r'partent...

— Ma femme était comment ? demande Jéjé (lequel ressemble plus au tunnel qu'au mont Blanc dont il porte le nom).

— Prostrée, mais très digne.

— Vous croyez qu'ils l'ont violée ?

— C'est pas leur genre.

Soupir désenchanté du « cinq tonnes ».

— Frappée ?

— Non plus.

— Ont-ils dit quelque chose pouvant fournir une indication sur leurs intentions ?

— Rien !

Pendant cet échange, Bérurier-le-Violent a saisi sa Baleine par les épaules si je puis dire parlant d'un cétacé, et posé sa joue sur ses bajoues en cascade.

— Ah ! c'est bon d' t' r'trouvever ! roucoule-t-il.

— Tiens ! V'là l'aut' qu'est en train d'oublier sa pute ! ricane la Glorieuse.

– On est arrerivés just' pou' t' délivrer !
reprend ce Télémaque heureux d'avoir reconquis
le royaume d'Ithaque. Mes potes voulaient pas
qu' j' forçasse la lourde du camion ; mais moive,
l'instincte m' poussait : la voie du sangue, quoi !

– Vous l'entendez ? questionne la Vachasse.
Y joue Manon après m'avoir obligée à bouffer le
cul de sa pétasse ricaine ; y a une pointe d'abus,
non ?

– Maint'nant qu'elle est nase, on peut faire la
trêve des confiseurs, propose notre Somptueux.

Sa grandeur d'âme ébranle l'Odontocète.
Berthe accepte d'enterrer cette hache de guerre
qui tentait de mettre bas l'arbre de leur amour.

Long baiser brûlant et baveur, applaudi par
l'assistance.

Je pénètre dans le camion. Le compartiment
aménagé derrière la place conducteur est une
sorte de minuscule studio comportant une cou-
chette et un gogue avec lavabo.

Visiblement, cette « cellule » aux parois capi-
tonnées a été créée dans une intention très claire :
séquestrer dans un premier temps les personnes
kidnappées, puis, dans une seconde phase, les
acheminer sur un lieu de détention plus durable,
ou – qui sait ? – les assassiner.

Les conducteurs alertés par les exploits du
Fracassant se retirent, l'impitoyable mouchard
signalant la durée des arrêts ! Négriers, va !

Nous déponons les lourdes arrière du véhicule rouge. Il contient bien une cargaison de pâtes, comme annoncé sur ses flancs.

— Je me demande où est passé le chauffeur ? soupire Jérémie, très abattu.

— Il va revenir, prédis-je, sauf s'il a rappliqué pendant que les routiers faisaient cercle ! Auquel cas, il aura pris la tangente.

Brève réflexion, je décide :

— Béru et Berthe vont rentrer sur Paname, conduis-les jusqu'à la gare la plus proche, tandis que je resterai placardé dans le secteur. Tu viendras me rejoindre ensuite.

— J'irai mett' ma gazelle en lieu sûr chez Alfred, déclare notre Grenadier normand. L' temps d'y faire un' bonne manière d' concilia-tion a'v'c Alfred qu'est toujours prêt à porter queue forte et j' vous r'joigne !

Ils partent sur ces paroles de paix.

Je déniche un coinceteau arborisé, avec un chêne pour jouer à Saint Louis, et je laisse filer le temps à travers ma vie bouillonnante.

Tout à l'heure, la Grossasse narrant son rapt a déclaré que le « Monsieur » qui conduisait la voiture a interpellé son compagnon en le nom-mant *Angelo*.

Ce céleste prénom rital me rappelle quelque chose : dans le précédent volume, notre service d'anthropométrie a découvert que les assassins de la fille Grey s'appelaient Pierre Labbé et Angelo Angelardi. Nul doute que le coravisseur de la Vachasse soit l'Angelo de la clinique.

*
* *

Peut-on appeler somnolence, l'immobilité physique et cérébrale du guetteur à l'affût d'un gibier (le mien est de potence) ?

Mon esprit étale continue de vigiler, mais sans phosphoration superflue. Le bruit de la route, sa houle grondante, m'aident à me maintenir en éveil. Je pense à ma mignonne Antoinette, à sa maman qui doit débarquer de Suède, l'âme fendue en deux dans le sens de la hauteur.

La haine continue de croître en moi. A m'en rendre fou ! Ma volonté de retrouver ma petite fille et Ramadé, puis d'écraser cette bande de cancrelats est si intense que je ne doute pas d'y parvenir.

Enfin, à travers la rumeur de l'endroit, la pétarade d'une mobylette retentit. Il en existe d'autres sur la nationale, mais mon sub' m'avertit que c'est celle-là « la bonne ».

O merveille de l'intuition triomphante !

Un type débouche sur sa péteuse entre les mastodontes à l'arrêt. La trentaine, les tifs rouquinants, avec un anus de bébé au milieu du menton. Il a une cicatrice sur l'arête du pif et le regard poreux.

Il stoppe son engin à l'arrière du camion, descend la béquille et se met à compisser les roues jumelées de son gigantesque bahut.

Comme il se la secoue (pauvres hommes que nous sommes d'avoir à nous égoutter la zigounette), je le rejoins à pas d'autant plus feutrés que j'ai laissé mes mocassins dans l'herbe, et appuie l'œil d'acier de mon ami Tu-Tues sur sa nuque bronzée.

— Remets ton morceau de tripe en place et ne cherche pas à t'émanciper, sinon je te fais exploser la gueule !

Il y a des intonations qui accréditent les menaces.

Lui, c'est un pro : il connaît toutes les nuances du grabuge. Il pige illico que son destin est mal barré.

— On va aller dans l'appartement des invités ! reprends-je. Pas la peine de chercher la clé : il est ouvert.

D'un coup de genou dans les meules, je lui intime d'avancer. Il remonte son autobus à petits pas, jusqu'à la porte donnant accès à la cellule où était retenue la Bérurière de mes burnes.

— Maintenant, entre !

Si je t'avouais que je ne reconnais plus ma voix. Celle de Frankeistein ressemble au chant du rossignol, comparée à elle. Bon, nous voici dans la place. J'actionne le commutateur. Le plafonnier répand une lumière mitigée, dans les jaune code.

– Retourne-toi ! Je sais qui tu es, dis-je, avant son obtempération : Pierre Labbé, un gredin classé 5 sur l'échelle du crime. C'est toi qui as scraffé la fille ricaine en compagnie d'une frangine et de ton pote Angelo, dont tu viens prendre le relais ici. »

A l'extérieur du camion, il a été pris de court. Un homme avec la queue à l'air perd ses moyens. Mais voilà-t-il pas qu'il se force à goguenarder, le malheureux.

– Tu ne devrais pas ricaner, fais-je en lui faisant éclater le genou droit !

Fou de douleur et de médusance, il s'abat sur la couche plus étroite que la porte de Gide et que son trou du cul.

– On débute à pas de loup, reprends-je, chaque chose en son temps. Si tu as pour deux ronds de psychologie, tu comprendras que tu as en face de toi un fauve enragé.

Et pour le lui prouver, je tire une nouvelle bastos dans sa seconde (et dernière) rotule.

– Tu vas droit à la chaise roulante ! assuré-je avec flegme.

Des gouttes de sueur grosses comme les diamants de la Couronne britouille dégoulinent sur sa vitrine convulsée.

– Il existe dans ta carcasse des tas de points non vitaux que mes balles vont explorer. Ici, par exemple !

Et je lui en sers une troisième dans la clavicule gauche.

– Si tu ne me révèles pas ce que je veux savoir, poursuis-je, je t'en mettrai encore une dans les roustons.

Je te passe sur les clichés inhérents à la situasse : pâleur de cire, gueule grande ouverte, regard révulsé, souffle haletant.

– Vois-tu, Pierrot, maintenant tu commences à te faire une idée précise de ce qu'est un homme dingue. Mais je ne te laisserai pas crever sans t'affranchir. Je suis San-Antonio, mon bijou, le papa de la fillette que ta bande franco-amerloque a enlevée. Tu vois bien qu'il faut vider ton sac avant que je vide mon chargeur dans ton ventre et ta tête !

19

LE MALHEUR REND MÉCHANT.

Un autre Sana me regarde tristement : ma conscience. Ce double hoche la tête au spectacle du forban que je viens de mutiler. Une voix s'élève sur fond de harpe : « Es-tu satisfait, misérable bonhomme, de répondre au mal par le mal ? »

« – Fais pas chier ! rétorqué-je. Il existe des moments où, tendre la joue gauche, est une foutaise. »

Venant opportunément faire diversion, un chant mélopesque retentit :

> *Dans ma Savane*
> *Banane*
> *Y a bon les nichons*
> *A Dondon.*

Délicieux hymne au soleil composé par le fameux chantre africain Tavumaqueu, prix Nobel d'Enculage à sec.

Aucun doute : Jéré est de retour. Il rôde, inquiet, autour du camion, se demandant où je me trouve car il a repéré la mobylette dehors.

J'entrouvre la porte, siffle voyou, et il se pointe (comme la mère Duraz).

Regard interrogateur de mon cher Bougne.

Je m'efface pour lui laisser contempler le panorama. Une expression de bébé comblé élargit sa face sombre.

– Enfin ! soupire-t-il.

Puis, découvrant les blessures infligées au salopard :

– *Tu l'as commencé ?*

Question inquiétante pour notre homme car elle sous-entend que nous allons « le » poursuivre, voire « le » terminer.

On est un peu à l'étroit dans cette chambreniche. Le lit se teint en rouge. Le truand halète comme la louve de Rome [1].

Je pose un pied sur le pucier :

– C'est pas à une vérolerie de ton espèce que je vais jouer du pipeau, Labbé. On va t'interroger, et si tes réponses manquent de spontanéité, ta putain de vie s'arrêtera là. Compris ?

Il bat des paupières.

_____

1. Si tu ne piges pas toutes mes astuces, ça ne fait rien : y aura de la baise par la suite.

– Je commence par la seule question qui compte vraiment : où sont la fillette et la jeune femme noire ?

– Ils les ont emmenées, fait le bandit sans l'ombre d'une hésitation.

– Où ?

– Je ne sais pas. Ce camion c'est juste pour le dispatching.

Il est au bord de l'évanouissement.

– Vous allez pas m'achever ? geint-il.

Au lieu de m'intéresser à sa supplique, je continue :

– Qui est venu les chercher ?

– Une espèce de Mexicanos.

– Qu'avait-il comme voiture ?

– C'était pas une auto, mais une moto avec un side-car.

– Immatriculation ?

– Anglaise.

– Comment les a-t-on installées dans le side ?

– Attachées et bâillonnées, avec une couverture par-dessus.

Pauvre petite fille molestée ! Cher ange coupable d'avoir pour père un aventurier de la Rousse !

– Où les emmenait-il, ce motocycliste ?

– Je n'en sais rien, parole !

Parole de fumier, tu parles d'un cadeau !

Jérémie vient de sortir comme un fou pour alerter toute la volaille de France, afin qu'on

intercepte une ronfleuse avec side-car immatri-
culée Grande-Albion. Doit pas y en avoir des
flopées sur nos routes.

— Pour qui travaillez-vous, toi et Angelardi ?
— La Main Verte.
— Dis donc, c'est une sous-traitance de la
Mafia, cette association !

Il acquiesce.

— Vous y faites des ménages ? Liquidation en
tout genre ?

Ne moufte pas.

— Et qu'est-ce que cette honorable institution
fout avec son homologue ricaine ?

Si je ne lui avais déglingué la clavicule, il
hausserait sûrement les épaules.

— Ils sont en cheville, c'est tout ce que je sais.
— Le motard, il retournait en Angleterre ?
— Je l'ignore.
— Il ne peut guère prendre le barlu avec deux
personnes attachées dans un side-car !

Le vaurien ne répond pas. Il y a une raison pri-
mordiale à cela : il vient de perdre connaissance.

Et c'est pas du bidon, espère.

Tu te rappelles la momie de Ramsès II ?

*
* *

C'est marle, comme la Providence, ou du
moins sa cousine par alliance, se montre bien-

veillante avec nous ; surtout après des périodes fangeuses, j'ai observé. Le soleil après la pluie, air connu.

Au moment où je rejoins mon négro sprituel, la gentille de naguère délourde son portail afin de sortir sa petite Fiat cabossée à l'avant et à l'arrière (parce qu'elle freine trop tard ou trop tôt, selon les cas). Elle nous refait un signe de la main.

Va savoir pourquoi, son mouvement me déferle la pensarde et me fait courir à elle. Lui demandant si elle aurait aperçu un motard ou quoi. Oui : elle l'a vu partir. Les side-cars ne sont pas légions (comme disaient les Romains).

Donc, le gars que j'ai perforé dit vrai. L'engin était noir avec un motif bleu en forme de flèche. Le pilote portait une combinaison de cuir, un casque à l'anglaise, du genre qui donne l'air abruti. Mais bouge pas ! Ah ! la délicieuse enfant, ce coup de tringlette que je vais lui décerner un de ces quatre, lorsque l'aurore se remettra à boréaler sur ma vie ! Inimagine-toi que dans la décarrade cyclonesque, quelque chose s'est envolé d'une fonte mal fermée du coursier de feu.

— Un papier, assure la jolie.

— Quel genre ?

Elle ne sait pas. Ça s'est passé à l'autre extrémence du parking. Le faf a voleté dans le souffle de la vitesse pour aller s'abattre « par là-bas ».

Elle me guide jusqu'à l'endroit, te rends-tu compte ? Fin du vaste terre-plein. Fectivement, un chiffon de papelard soubresaute le long du fossé. J'y cours, véloce tel un dératé qui a des ratés. Le bloque du pied.

Le ramasse.

C'est la photocopie d'une fraction de carte Michelin comme tu en adresses aux amis venant passer le week-end dans ta nouvelle masure du Loir-et-Cher. Elle concerne la Normandie ; un petit cercle a été tracé sur une localité du Flaubertin nommée Saint-Julien-l'Hospitalier.

– Vous semblez transfiguré, remarque ma bienfaitrice.

– Tu viens de faire pour moi davantage que le Général de Gaulle pour le cimetière de Colombey-les-deux-Églises, réponds-je.

« Un soir, je viendrai te chercher. Je t'emmènerai dîner dans un *Plat d'Etain* de la région, et ce qui se passera ensuite te fera regretter d'avoir mis un slip ! »

Lui roule, à titre d'arrhes, une gamelle prometteuse qui éblouit sa glotte.

20

LA TÊTE DANS LE SAC.

Une heure dix pour atteindre Saint-Julien-l'Hospitalier ! Nous réussissons cet exploit, grâce aux deux motards qui nous coursaient alors que nous roulions à deux cents et nous ont contraints au stop, profitant d'un engorgement camionnesque. Rouges de colère ils sont. Comme si ça diminuait leur traitement, que nous bolidions ainsi.

Je leur brandis mes exequatur et leur enjoins de nous ouvrir la route au lieu de couper notre élan. Ils me saluent marris, et nous entraînent.

Saint-Julien-l'Hospitalier est une quéquette[1] localité dont le clocher roman se mire complaisamment dans les eaux lentes de la Bauvarie (affluent de la Seine).

Peu avant l'orée du bled, je demande à nos anges convoyeurs de s'esbigner jusqu'au patelin

---

1. L'auteur a probablement voulu écrire « coquette ».
(L'Éditeur)

le plus proche, non sans avoir noté leur code téléphonique « pour en cas de grabuge ».

Bien. Nous voici donc à l'endroit coché (d'ailleurs il fouette) sur l'extrait de carte routière. Dans notre affolerie, nous nous sommes peut-être précipités à tort sur une piste illusoire car, reconnais-je, le Créateur nous a sincèrement à la *good*, Qui fait perdre des indices à nos adversaires dans les moments cruciaux. J'allusionne à la clé d'hôtel dans notre plate-bande (peut s'écrire également platebande) et au feuillet envolé de la sacoche motarde. De toute façon, notre rush nous a amenés là. Il faut nous comporter en conséquence.

Jérémie, dont le teint sombre devient ambré, mord sa lèvre inférieure si tellement fort qu'elle éclate comme un fruit mûr[1]. Tandis qu'il étanche son beau sang, je range notre carrosse à l'ombre des tilleuls bordant la place.

« Et maintenant, que vais-je faire ? » chantait Albert Bécaud à l'époque de Gilbert.

Nul signe de vie dans ce trou en léthargie, sinon celui, très précaire, d'un vieillard à casquette, assis devant une maison de briques, sa canne entre les jambes, piètre ersatz de bite.

Je descends de mon siège pour faire le sien.

---

1. Superbe comparaison. Bien dans le style de celui qu'on a surnommé : « Le Chateaubriand des Pommes ».

Le vieux Normand me regarde approcher avec l'air mécontent du déféqueur auquel tu fauches son faf à train au moment où il allait l'utiliser pour la plus grande gloire de son slip.

— Alors, grand-pé ? je lui dis.

— Hé bé ! rétorque le quasi-centenaire du tacot tac.

— Vous habitez un bien beau pays, l'amadoué-je.

— Autrefoué, j'dis point ; mais maintenant il est à chier ! fait valoir cet être qui joue les prolongations.

— Vous êtes contre le progrès ? tâté-je-t-il le terrain.

Le dabe procède à un lancer de glave d'au moins dix mètres et ronchonne :

— Ce que je suis contre, c'est cette saloperie d'secte qui vient nous polluer l'pays !

Là, mes testicules font un soubresaut dans le havresac qui les héberge.

— Une secte, dites-vous, grand-pé ?

— De la racaillerie ! Si mon père qu'était maire d'la commune revenait, il te vous sacquerait cette vermine en moins de pas longtemps.

Dès lors, c'est du velours que de lui faire déballer le trop-plein.

Je te résume. Voici trois ou quatre ans, une confrérie bizarroïde a racheté le château du coin qui menaçait ruine. Ses adeptes, ayant à leur tête un Asiatique obèse, ont réparé sommairement l'immense demeure et s'y sont installés. A présent, ils dépassent la centaine, mènent une existence hors norme dans un pêle-mêle d'humanité indescriptible où les sexes se confondent. A la belle saison, ces marginaux sont entièrement nus. Les couples et les enfants sont mélangés. On baise, ripaille, chante, célèbre d'étranges cultes plus ou moins païens. Ces curieuses gens se cament à longueur de journée et se battent parfois.

Beaucoup de villageois se sont plaints, mais la secte bénéficie sûrement de protections puissantes, car les doléances paysannes n'ont jamais provoqué l'intervention des autorités.

— Voulez-vous que je vous dise, péroraisonne l'homme auquel je tends une oreille séculière.

Je veux.

Il baisse la voix et déclare avec gravité :

— Faudrait tout y tuer de c'moment ; c'est pas au temps du Maréchal qu'on voyait ÇA.

Je m'apprête à lui dire au revoir, lorsqu'une question me fulgure des lèvres :

— Dites-moi, grand-pé, vous n'auriez pas vu passer une moto avec un side-car, il y a environ deux heures ?

— Celle de l'Anglais ? me demande-t-il.

Ah ! le digne homme ! Ah ! le cher vieillard ! Ah ! l'admirable bouseux d'amour ! Comment le gratituder ?

A son âge, une pute, on n'a plus rien à lui demander! Une décoration, on s'en branle! Du blé, on en a suffisamment! Un caveau au cimetière? Il le tient déjà de sa famille. Alors quoi? Une caisse de vin? Mais, normand comme je le vois, il ne doit boire que du cidre.

— Une bouteille de calva hors d'âge, ça vous ferait plaisir? questionné-je.

— Pas la peine : mon gars fabrique le meilleur de la région.

M'en vais rejoindre le *black* pote. Il continue de se mettre la bouche en sang sous l'effet de l'anxiété et maugrée :

— T'en as mis du temps!

— J'en ai mis, mais ne l'ai pas perdu, corrigé-je.

Et de décrocher le bigophe de ma ceinture.

J'appelle les braves motards placés en attente à quatre kilomètres d'ici. Leur dis de nous rejoindre sur la place de Saint-Julien-l'Hospitalier, mais qu'auparavant ils nous fassent dépêcher un max de renforts au château du même patelin.

C'est pas encore la guerre, mais je sens que d'ici pas longtemps, ça va drôlement y ressembler.

21

IL Y A TOUJOURS,
AU BOUT DU CHEMIN...

Je règle notre action de la façon suivante. J'irai me présenter seul au château et demanderai à parler au gourou. Pendant ce temps, les huit gendarmes arrivés à la rescousse cerneront le domaine et attendront les ordres de Jérémie. Lorsque je jugerai le moment opportun, au moyen de mon bip, je donnerai à mon merveilleux compagnon l'ordre d'investir les lieux.

– Supposons que tu sois neutralisé d'entrée de jeu ? hypothèse l'avisé poulardin.

– Sans nouvelles de ma pomme au bout d'un quart d'heure, tu déclencheras le patacaisse.

Pourquoi nous serrons-nous la main en cet instant crucial ? D'ordinaire, dans les cas critiques ou d'euphorie intense, on se donne plutôt l'accolade. Nous jouons si gros, lui et moi, que notre tendresse fraternelle a besoin de s'exprimer « autrement », par un véritable geste d'homme.

Je le laisse en compagnie de nos collègues pandores pour prendre le chemin sinueux menant au château. Tout en roulant, un flash brutal me projette Salami dans la pensarde.

Tu vas dire que j'ai d'autres chiens à fouetter, mais notre calbombe fonctionne à son gré, n'est jamais « dirigeable ». Nos pensées ont la fluidité de l'eau, se gonflent ou se dessèchent, mais suivent leur pente naturelle.

Où est-il, mon merveilleux toutou ? Quand avons-nous cessé d'être ensemble ? J'efforce de la mémoire : le Sacré-Cœur de Montmartre !

Il se trouvait à la sacristie avec moi puisqu'il a flairé le cadavre du père Chatounet dans l'amoire aux chasubles.

Je n'avais pas besoin de cette contrariété supplémentaire au moment de livrer bataille ! Une couillerie succède à une autre dans l'existence !

Le château est d'une féodalité indéniable. Il est clos de murs. Son accès est protégé par une grille. La serrure a été remplacée par une chaîne cadenassée.

Une grosse cloche subsiste, actionnée par une corde. Je tire dessus, déclenchant une espèce de tocsin fêlé.

A travers les barreaux, je découvre des chiares vêtus miséreusement d'une culotte Petit Bateau ou d'une chemise de corps. Les mieux équipés portent les deux à la fois, tandis que les plus démunis vont cul nu.

Le tintement les a alertés et ils radinent, kif des volatiles auxquels on apporte du grain. Contrairement aux enfants de leur âge, ils demeurent silencieux, avec des yeux curieux emplis d'une crainte latente.

Je leur lance ce bonjour enjoué dont les adultes font l'aumône aux gosses.

Aucun d'eux ne me répond.

Bientôt les graviers de l'allée, envahis par la mauvaise herbe, se mettent à crisser sous les pieds d'un homme vêtu de cuir noir, botté, le crâne rasé, une matraque engagée dans la ceinture. Le type même du nouveau nazi fouteur de merde !

L'arrivant écarte les marmots sans ménagement et pose sur moi un regard de crotale constipé.

— Vouais ? demande-t-il avec distinction.

— Salut, Pierrot ! fais-je-t-il en souriant. Je voudrais m'entretenir avec le gros Chinago.

Ça lui provoque des zébrures dans la boîte à idées. Je l'interloque à blanc, ce gussier. Il palpite des stores.

— De quoi ? finit-il par articuler.

— Tu ne parles que le martien ou t'as les cages à miel saturées ? reprends-je.

— Non, mais ça va pas ! piètrise ce déchet humain.

Déconcerté jusqu'au coccyx, il me plante là et retourne au château à grands pas afin d'aller informer ses supérieurs.

Sombrement déterminé, je sors flegmatiquement mon sésame et obtiens un visa d'entrée en moins de jouge, ces cadenas anciens ne valant pas tripette.

Les chiares, estomaqués, me défriment avec l'air époustouflé qu'avait Jeanne d'Arc quand les anges Truc et Machin vinrent lui ordonner de rassembler ses tampons périodiques et d'aller sus aux Anglais (si l'on peut dire).

J'avise, sous un hangar proche, rangés côte à côte, un minibus de marque nippone et un side-car noir, décoré d'un filet bleu. Son immatriculation est anglaise.

J'explore la nacelle garnie de moleskine, crevée par endroits. Un vieux plaid puant le moisi gît au fond de cette coquille fusiforme. Je le soulève. Dans le mouvement, un objet tombe de ses plis, long d'une douzaine de centimètres, orné d'un petit nœud rouge. Je le reconnais spontanément : il s'agit d'un soulier d'Antoinette.

Je n'ai pas le temps de consacrer à « Celui d'en haut » les démonstrations de reconnaissance qu'Il mérite.

Trois malabars, parmi lesquels le vermineux de l'accueil, se pointent ; même boule passée au papier de verre, boucles d'oreilles, ceinture à clous, mâchoire en tiroir de commode Régence, goumi virevoltant (ils s'en frappent soit les cuisses, soit la paume de la main).

— Comment que vous êtes entré ? gronde un moudu au bouc moins fourni qu'un pubis de première communiante.

— Par la porte, monseigneur. N'est-elle pas là pour ça ?

— Y a un cadenas !

— Il y avait. Vous le retrouverez dans la grosse touffe d'orties, là-bas.

Aveuglé par la rage, comme on dit dans les livres à voie unique, Barbe-d'œuf jette son cri de guerre :

— On s'le paye, les mecs !

Ce n'est pas la phraséologie médiévale qu'on serait en droit d'espérer d'un châtelain.

Tout comme l'OTAN, je suspends mon vol. Ça belliqueuse, mes chéries. Tu connais l'expression : de l'électricité dans l'air ? Un truc commak, multiplié par cent dix mille (volts) ! Si je ne fais pas illico quelque chose pour moi, je risque d'essuyer un orage dépaveur de molaires. Voilà pourquoi je presse la touche de mon bip.

Les vilains zoiseaux se regardent kif trois toucans tout cons. Ils pressentent du pas bon, mais mes manières désinvoltes les confondent. Se demandent à quoi riment les façons d'un zigoto de mon espèce.

Tout de même, le Barbichiotte, pour sauver sa face de pet foireux, fonce sur ma pomme, la matraque haute. Se biche un coup de tatane dans les frangines lui chlorophyllisant le teint instantanément.

– Vous croyez qu'il m'aurait frappé ? fais-je à ses deux potes troublés.

– Qu'est-ce y vous prend ? glapit celui qui m'a accueilli naguère.

– Je déteste les gars agressifs, réponds-je négligemment.

Quelques adeptes de la secte, attirés par l'altercation, se pointent d'un peu partout. Des femmes incoiffées depuis plusieurs mois, vêtues de saris orangés, des types en futiaux bouffants, avec des tronches de Christ pour mystère de la Passion interprété par des habitants de la Haute-Volta. L'ensemble très folklo.

Le gars « Trois-Poils » qui reprend souffle, halète à l'intention de ses acolytes :

– Crevez-le, bordel !

Avec une grande humilité, je dégage mon flingue et le leur montre.

– Restez calme, chers enfants du Diable, sinon je vous fais exploser quelques os en guise d'avertissement.

Et d'ajouter ce mot, à nul autre pareil :

– Police !

Ça les tétanise ! affirmeraient des confrères bien plus cultivés que moi ! Ils muséegrévinent au moment où la charge poulardière s'opère. Les vaillants gendarmes qui cernaient le domaine y pénètrent avec la fougue héroïque des Poilus de la Quatorze.

Cette fois, fini mon numéro pour fête foraine. J'appuie le canon du camarade Tu-Tues sur le ventre de Touffe-de-chatte, lequel achève de se remettre debout.

– Tu as trois secondes pour me conduire jusqu'aux deux séquestrées, sinon l'intérieur de ton bide ressemblera au tunnel du Mont-Blanc après l'explosion du camion citerne. Tu m'entends, Plein-de-merde ?

Et alors, tu veux que je te dise ?

Ce sous-paf me crache au visage, pour épater ses « voyoucrates », videmment. Leur montrer qu'il en a toujours deux malgré mon shoot.

Tu me vois supporter pareille infamure devant le monde, toi ?

Ces tronches molles agissent sans songer aux conséquences.

Je rengaine mon feu pour avoir la liberté de mes poings.

Combien je lui sers-je de une-deux à la vitesse de pistons suractivés ? Cinq ? Peut-être six ?

Une pluie de ratiches jaunies par l'abus de tabac. Des yeux de crapauds enfumés. Une fraise de concours écrasée à la place du pif. Les manettes pendantes ainsi que des poches arrachées. Des lanternes japonouilles en guise de pommettes et, pour achever, la fracture impeccable de son portemanteau ; c'est ce qui s'appelle un numéro à transformations.

J'enjambe cette crevure et je dis aux deux autres, en les bichant chacun par une aile :

– Maintenant, conduisez-moi sans plus tarder auprès des prisonnières avant que je vous déguise en flaques de dégueulis.

Ces chérubins, domptés, se résolvent à la soumission définitive.

Nous pénétrons dans le château sous les regards camés de la coterie.

Jérémie me filoche le train en continuant de se mâcher les lèvres comme s'il s'agissait de chewing-gum.

22

LE NŒUD COULANT [1].

Voir cramer Herbert Malandryn, son sympathique auto-stoppé, plongea M. Félix dans un état de prostration alarmant, vu sa faiblesse physique. L'idée que son faramineux sexe, pièce unique pour nos régions tempérées, aurait pu se consumer comme une bûche dans l'incendie de l'auto le rendait fou.

Ce danger de destruction phallique lui donnait la mesure de notre impuissance et, pour la première fois de son existence, le professeur regrettait de ne s'être pas reproduit. Cette période de marasme lui sembla annoncer la conclusion de sa longue vie désabusée.

Par ailleurs, il regrettait d'avoir mis en doute l'obligeance de l'infortuné Malandryn dont, une fois retiré des décombres, le corps ne mesurait

1. Ce chapitre n'est pas consacré à l'étude de la blennorragie.

(*L'Éditeur*)

guère plus de quatre-vingts centimètres. Cet homme était mort à cause de Félix, laissant derrière lui : une épouse encore baisable, deux enfants pas plus camés que d'autres et une séduisante maîtresse qui pouvait le pleurer ouvertement, étant la femme de son meilleur ami.

Les gendarmes Vaubecours et Pilon, chargés de veiller sur sa sécurité se reprochaient amèrement de n'avoir pas gardé perpétuellement un œil sur la voiture car, à coup sûr, c'est pendant l'étape au restauroute que l'on avait glissé un explosif à bord. Ce dernier, d'une grande puissance, devait être une mine d'origine militaire, selon les premières expertises du laboratoire. Les scientifiques à l'œuvre supposaient même qu'elle était américaine.

*
* *

De retour à Paris, le prof tenta en vain de rencontrer Bérurier et San-Antonio. En appelant à Saint-Cloud, maman Félicie lui apprit le rapt dont venait d'être victime sa petite-fille fraîchement débarquée dans leur existence.

Les péripéties de la vie des autres intéressaient médiocrement le cher homme. Il eut des paroles compassionneuses et raccrocha, mécontent de se sentir livré, non seulement à lui-même (il en avait pris l'habitude), mais à des ennemis acharnés. Il concevait mal qu'on pût souhaiter sa mort au point de la lui administrer. Cette persévérance le troublait et le flattait peut-être aussi ?

La croisière n'avait pas jugulé le danger, songeait-il, seul dans son loft. San-Antonio, ce fier-à-bras à tête de pilote de Boeing, après avoir déclenché la foudre, le laissait se dépatouiller sans aucune aide.

Félix abandonna ses bagages indéfaits pour aller traînasser dans Paris, ce faux ami qui cache des dents de dingo [1] derrière un sourire enjôleur.

Incertain, trop disponible, le philosophe matérialiste décida de remercier un dieu hypothétique au Sacré-Cœur de Montmartre. Ce but le ragaillardit. Il prit le métro pour Pigalle, songeant qu'à défaut de rencontrer le Seigneur, il y trouverait toujours des putes.

*
* *

Le hasard est manichéen, se tue à me répéter un débardeur malien qui décharge les navires marchands à Nogent-le-Rotrou.

Lorsque Félix eut gravi les degrés conduisant à la basilique, il fut pris de faiblesse et alla s'asseoir près d'un confessionnal provisoirement désert. Le temps passa lentement, comme s'écoulaient les chaudes-pisses de son adoles-

---

1. Chien sauvage d'Australie.

cence. Le prof éprouvait l'étrange sensation d'être tout à la fois mourant et protégé. Une dodelinance capiteuse l'induisait au sommeil, du moins à une relative perte de conscience.

Blotti dans son coin d'ombre, le front appuyé à la paroi de l'isoloir, il respirait menu, paupières baissées, les sens en léthargie.

A cette heure de la journée, les fidèles avaient joué rip, les prêtres, chaisières, bedeaux et touristes nippons également. Juste une petite collégienne teutonne qui taillait une bouffarde à son correspondant de seconde, derrière les grandes orgues. Sir Félix dormait tout de bon, diraient les indigènes du plateau de Millevaches (j'ai recompté : elles y sont bien !). Il se prit à faire un songe, un cauchemar, plutôt, puisqu'il rêvait qu'il était anglais. Il vivait à l'époque d'Henri VIII et on le pendait haut et court pour avoir compissé l'archevêque de Canterbury.

Il fut violemment arraché à ce rêve atroce par une réalité qui l'était davantage : quelqu'un l'étranglait à l'aide d'un lien. Son presque meurtrier serrait avec une force que je qualifierai de « peu commune » rien que pour voir l'effet que ça fait d'écrire comme les cons.

Des étincelles en gerbes fulguraient sous son crâne. Il eut le temps de constater que cette mort était doucereuse et d'apprécier qu'elle ne porterait pas atteinte à l'intégrité de son sexe.

Puis l'ombre l'engloutit.

Ce fut bref, l'étreinte féroce se desserra et un mélange gazeux, composé de 21 % d'oxygène, de 78 % d'azote et de 1 % d'argon emplit ses poumons en fin de contrat. Le vieillard réintégra sa lucidité, principalement l'usage de l'ouïe. Il perçut un bruit de lutte ponctué de grognements semblables à ceux des fauves.

Le digne Félix se gava d'air basiliqueux et parvint à se retourner (pas dans sa tombe, Dieu merci) pour découvrir un petit homme visiblement simiesque, qu'un basset-hound délivrait de ses attributs virils avec une férocité d'une extrême rareté chez ces chiens, de chasse certes, mais d'excellente compagnie.

L'Asiate grondait de douleur, l'animal de fureur.

Un paquet de bas morceaux enveloppés d'étoffe tomba de la gueule sanglante. L'émasculé chuta à son tour. Son antagoniste, incontent du résultat, le prit alors à la gorge et lui broya le larynx aussi aisément que toi un cornet de glace.

Le doux philosophe contemplait la scène. Il lui semblait reconnaître son sauveur. Mais oui, parbleu : le chien de San-Antonio ! Comment s'appelait-il déjà ? Il avait un nom italien... Spaghetti ? Cannelloni ? La mémoire lui fulgura la réponse.

– Salami ! murmura-t-il.

L'interpellé déplanta ses rudes incisives de l'agresseur aux yeux bridés et vint recevoir la reconnaissance de l'universitaire, son fouet battant la mesure du triomphe.

– Je vous dois la vie ! reconnut gravement l'étranglé.

L'animal haletait. Félix le conduisit jusqu'au bénitier et le souleva pour qu'il pût y boire une eau d'autant plus rafraîchissante qu'elle était bénite.

Galochard remarqua :

– On ne voit jamais de chiens dans une église, pas davantage que d'étrangleurs d'ailleurs ; votre magnifique intervention fait naître en moi des sentiments mêlés qui ressemblent à un début de foi.

Il le reposa à terre, épuisé par son effort, car Salami pesait quelque trente-cinq kilogrammes.

– Je sais que San-Antonio est hors de la capitale, reprit-il, puis-je vous accorder l'hospitalité jusqu'à son retour ?

Le chien secoua négativement la tête, faisant voleter ses interminables oreilles.

– Vous préférez bénéficier de votre libre arbitre ?

– Wouah ! répondit le quadrupède.

– Ne risquez-vous pas d'être ramassé par la fourrière ?

– Nouff !

– Comment faites-vous pour le gîte et le couvert, si ce n'est pas indiscret ?

Le valeureux basset marqua une légère hésitation et enjoignit muettement à son interlocuteur de le suivre. Le guida vers le fond de la basilique jusqu'à une étroite porte dérobée qu'il poussa de la patte. L'huis s'écarta comme les fesses d'un homosexuel passif. Félix le suivit, mû par la curiosité.

Ils débouchèrent sur une impasse où l'odeur de Paris n'était plus la même car des mécréants l'utilisaient pour uriner et pire. A l'extrémité d'icelle, un petit porche s'offrait. Salami l'emprunta et stoppa devant une loge de gardienne d'immeuble faisant également office de chaisière.

Cette brave personne accordait un asile provisoire à l'animal, lequel marquait sa gratitude en lui passant sa langue dans la crevasse pendant qu'elle regardait « Questions pour un champion », la seule émission justifiant le prix de la redevance T.V.

Rassuré, requinqué aussi, le prof décida de s'offrir des fruits de mer de toute exception chez *Marius et Jeannette.*

Pendant ce temps, la petite étudiante allemande qui raffolait des fellations « goût français », découvrait l'Asiate mort et se mettait à hurler.

23

CE PLAT QUI SE MANGE FROID.

Tu as déjà vu se lever des tempêtes ?

Un souffle surgit du fond de l'horizon, s'enfle, gronde, démesure ! Il bouscule la nature en vociférant ; sa force génère un ouragan, tout se courbe devant lui. Tout craque ! Je suis devenu cette tornade, ce séisme.

Je n'ai pas lâché les bras des deux guignolets devenus chiffes. L'investissement de leur domaine enchanté par les archers du guet achève de les écouiller. Ces faux durs sont devenus plus toutous que des chiens d'aveugles.

On a gravi le perron aux marches déglinguées, pénétré dans un hall couvert de nattes en raphia sur lesquelles des adeptes baisent ou prient.

Qui prient-ils ? Mystère. De l'incarnation ou de l'anthropomorphisme ? Étrange humanité ayant perdu ses repères ou, pour le moins, les pédales.

Assis en tailleur, un vieillard parcheminé joue aux osselets avec ses propres cartilages. Nous passons devant lui sans le faire sourciller.

On accède à une ancienne salle de billard, ceux-ci (il y en a trois) sont épluchés par les mômes qui font du trapèze sur les suspensions. Les parquets défoncés geignent sous nos pas. De hautes fenêtres aux vitres brisées laissent gambader des courants d'air.

Notre charge à travers la grande demeure à demi morte continue. Nos deux gendarmes du début, galvanisés comme si j'étais Rodrigue fonçant castagner les Maures, marchent à nos côtés, mâchoires géométrées par la détermination.

La salle de jeux franchie, nous tombons sur un petit couloir terminé par un escalier en colimaçon.

L'un des zouaves en noir s'y engage le premier, moi sur ses talons. Tu sais ce qu'est une vermine ? Note que je me tenais sur le qui-vive. Dans un virage, ce sous-produit de l'espèce humaine se cramponne à la rampe et me balancetique une ruade qui, si elle avait atteint mes mandibules, aurait rendu mes gencives chauves.

Hélas pour lui, l'œil était dans la tombe et regardait Caïn. Je me plaque au mur et place une bastos entre ses miches. Tu parles d'un suppositoire, Léonard ! Le petit fumaro choit à la renverse ; d'un coup de poing, je fais suivre à Jéjé qui, peu doué pour le jeu de culbutos, le virgule carrément par-dessus la rambarde, si bien que le zélé se paie une tartine de plancher pour grande personne.

L'incident a à peine perturbé notre grimpette. C'est pourquoi, en moins de jouge, nous déferlons dans la partie « intime » du château.

Une porte basse.

J'en actionne la poignée. Fermée de l'intérieur ! Ne me perds pas en états d'âme. Mon coup d'épaule la rend pantelante et je découvre un lieu étrange, puant l'encens et l'opium chauffé.

Pièce incongrue dans cette bâtisse délabrée car elle est capitonnée de tissus indiens et meublée dans le plus pur style Chandernagor. Des canapés gros comme des pachydermes, des statues de dieux à la con, des tableaux montrant des gens turbaneux, des tables graciles surchargées de porcelaines translucides, et toute une brandouillerie représentant des singes mutins à la queue en anse de théière.

Affalé sur un trône d'ivoire et de soie, imagine une espèce d'obèse bistre, vêtu de blanc, la chevelure grise. Des bagouzes enrichies de pierres ultra-précieuses alourdissent ses doigts. Il semble somnolent, ou recueilli. Le monstre tient un verre de whisky dans sa main droite en guise de ciboire et observe le néant avec attention.

Mécolle se tourne vers le troisième malabar :

— Je t'ai ordonné de me conduire auprès des prisonnières, j'ai rien à cirer de ce tas de merde !

— Mais c'est le grand maître ! glabatouille-t-il.

— Je ne fais aucune différence entre lui et un rat crevé du choléra. Où sont les filles ?

Le gonzier adopte le teint poireau (feuilles du haut).

— Demandez-lui. C'est la pleine lune, il a peut-être procédé au glorieux sacrifice !

Ces paroles me cryogénisent les roupettes pendulaires.

Un autre à qui elles produisent un effet identique, c'est Mister Blanchounet ! Il se jette sur le pape de la secte, lui prend son godet de scotch et le vide sur sa bouille frisée en gueulant :

— Où sont-elles ?

L'obèse semble sortir d'un songe.

Il s'informe auprès de l'acolyte rasé du dôme :

— Que ces gens sont-ils ?

— Des policiers, Grand Maître !

Il est en roue libre, le chevelu. Camé jusqu'aux paupières. Son entendement doit ressembler à un cloaque faisant des bulles.

— Les laisser pourquoi venir à moi ?

— Ils sont entrés de force !

Son hébétude se fissure pour faire place à une expression rusée.

— Le droit, ils n'ont pas ! déclare placidement le chef débloqueur.

Que vient-il de dire là ! Si ma patience a des limites, ma fureur, elle, n'en comporte aucune !

Tu verrais ce coup de saton qu'il déguste en pleine poire, William ! Son groin explose ; je me tourne vers nos deux fidèles motards.

– Écoutez, mes amis, leur lancé-je, nous jouons la montre et je vais employer TOUS les moyens : les vies de ma fille et de l'épouse de mon ami Blanc sont en jeu. Prêtez main-forte à vos camarades pendant que nous allons nous livrer à des exhumérances...

Ils pigent.

Demi-tourent. S'emportent ailleurs.

Vendredi est déjà en action avec le gussier que je viens de tatouer. Crac ! fait le manche à gigot du gars.

– Conduis-moi aux séquestrées ! poursuit le Noirpiot en le cueillant aux narines, de ses doigts en crochet.

A demi asphyxié, l'enfant de pute émet des gargouillances de conduite bouchée.

Mon éminent camarade lui agite la tronche dans tous les sens.

– En te réveillant ce matin, t'as pas eu le pressentiment d'attaquer ta dernière journée ? fait-il.

Littérature !

Plus le moment de confectionner du phrasé ! J'entreprends sérieusement le Roi Mage. Le hic avec ce cachalot camé, c'est qu'il n'a pas peur.

Le genre tordu capable d'empoigner un tisonnier chauffé à blanc pour s'en gratter le dos.

Il me fixe de ses yeux d'hypnotiseur agréé par la faculté des fakirs sédentaires de Vaison-la-Romaine. J'y lis du mépris, mais pas la moindre crainte.

Nous allons bien voir.

Tu le sais : je ne fume pratiquement pas (si ce n'est un cigare à la Saint-Monzob), néanmoins je possède un briquet extra-plat orné d'une photo émaillée représentant M. Lepen en train de décorer un Arabe d'une médaille explosive. Actionne la molette et approche la flamme de la tunique immaculée.

Le feu part en régalade. Faut voir comme il investit le pote-en-tas ! Le déguisant en torche, instantanément.

A travers les hautes flammes, le gus continue de me renoucher sans broncher. Dès lors, Agénor, c'est moi qui chope les flubes ! J'arrache du sol un tapis qui passait par là et m'en sers pour éteindre l'incendié. Il me laisse faire avec indifférence.

Lorsque j'ai circonscrit le désastre (si j'avais été rabbin je l'aurais circoncis), le gourou ressemble à un sapin de Noël ayant pris feu. Il a les tifs roussis, la bouille noircie, le prose en évidence et la zigounette façon pickles dans un bocal de vinaigre.

Ça pue le goret cramé !

– Arrête ton barbecue ! me jette le Bronzé. Mon copain est disposé à collaborer !

Comme quoi, rien n'est inutile. Mes sévices n'ont pas réduit la volonté du Grand Vizir, mais celle du porte-coton. Son dalaï-lama à demi rôti constituant pour lui une vision intolérable, il a mis les pouces.

24

DESCENTE AUX ENFERS.

Que je précise...

Les murs du château sont terriblement épais d'apparence parce qu'ils sont doubles. Se composent de deux parois écartées d'une quarantaine de centimètres, constituant un passage inutilisable par mon cher Carlos, non plus que par l'ex-chancelier Kohl ou Mme Windsor, reine du Royaume-Uni de son métier.

Nous nous y déplaçons de profil, ce qui accroît l'interminabilité de notre cheminement. Ça pue le salpêtre et le squelette négligé. Ce conduit descend en pente douce vers, je le suppose, quelques oubliettes réellement oubliées. Nulle meurtrière pour proposer un peu de jour et renouveler l'air. Il fait sombre, nous respirons mal.

Tout en arquant, je songe qu'il est également impossible au fakir Cochonnet d'emprunter ce boyau.

Ça déclive de plus en plus. Nos semelles ripent sur des dalles trop polies pour être honnêtes. Parviendrons-nous un jour au terminus de ce trajet infernieux ?

Oui, puisque le noir est soudain troué de lumière ; la pente se calme, le tunnel s'élargit.

Nous débouchons dans une salle basse comme on en voit dans des films d'épouvante chargés d'effrayer les soubrettes portugaises, les dames patronnesses abordant leur troisième ménopause et les enfants britanniques qu'on punit encore du cachot noir. Le lieu est éclairé par des torches fichées dans des anneaux conçus pour. Clarté pauvrette et fuligineuse.

Nous nous arrêtons, essoufflés, le corps endolori par notre marche en crabe, le regard meurtri biscotte l'obscurité.

Je fais front au Moudu qui nous guide.

— Où sont-elles ?

— Là-bas.

Il désigne une extrémité voûtée, plus sombre que le reste de l'endroit.

Alors que nous nous y dirigeons, deux silhouettes fantomatiques s'avancent. Des femelles en haillons, hâves, aux têtes cadavériques, aux regards creux et morts.

— Qui sont ces êtres ? m'enquiers-je.

Notre mentor éclopé répond :

— Les gardiennes !

Gardiennes de quoi ? De l'enfer ? Gardiennes de la mort ? Des prisonnières, plutôt ! Exsangues, titubantes, n'ayant plus de réel visage humain. Pitoyables ; l'on a du mal à les imaginer en surveillantes d'individus plus démunis qu'elles.

– La petite fille ! La petite fille, croassé-je [1].

– Et la femme noire ! renchérit Jéré.

C'est qu'il pense à son brancard, lui !

Les malheureuses épaves n'ayant pas l'air de piger, nous les écartons. Fonçons vers le fond des « oubliettes ».

Là : des cages !

Tu me lis bien, Lucien ? Des cages, comme dans des chenils, d'où s'exhale une puanteur excrémentielle. M'en approche à m'écraser le mufle contre les barreaux.

Je t'ai dit la chicheté de l'éclairage. Nos yeux s'accoutumant aux pénombres les plus mélasseuses, je finis par distinguer, dans ce cul-de-basse-fosse, une foule de malheureux dont un être cadavérique, émacié comme un Christ d'ivoire et – tiens-moi bien – vêtu d'un uniforme en loques.

Pas banal, non ?

Examinant le prisonnier avec un max d'attention, je découvre qu'il s'agit du général Godefroi Haumiche, chef d'état-major de l'OTAN, enlevé

---

1. Le verbe croasser n'est-il pas trop fort ? Tu aimes mieux coasser ? Tu préfères les grenouilles aux corbeaux ?

voici deux ans et mèche lors d'un déplacement en voiture (son chauffeur avait été abattu d'une bastos dans la mansarde). L'affaire fit un foin du diable. Les autorités gouvernementales s'étaient attendues à une demande de rançon, mais personne ne se manifestant, on oublia progressivement ce mystère.

Et l'officier supérieur est là, réduit, égrotant, momifié avant la mort !

— Courage, mon général ! lui lancé-je. Votre calvaire prend fin !

Il ne bronche pas mais entonne d'une voix à peine audible *Le Régiment de Sambre et Meuse*, ce qui lui déclenche une quinte de toux.

Pendant ma brève halte, Blanc a passé les autres cages en revue ; il y en a une dizaine.

— « Elles » ne se trouvent pas ici, dit-il, anéanti. Nous sommes arrivés trop tard !

25

LE JOUR OÙ JE SUIS MORT.

A compter de cet instant, c'est comme si je n'existais plus. Je me sens projeté sur une lointaine planète n'ayant rien de commun avec celle que je viens de quitter. Tout en moi est glace et insensibilité.

Avec détachement, je regarde s'agiter Jérémie. Je l'entends vociférer. Il s'en prend au péone du mage. S'arrête de lui parler pour lui mettre des coups de boule dans le portrait ; heureusement pour le larvaire, la crépétude de Blanc amortit un peu le saccageage.

N'a un certain moment, le Négus empoigne les génitoires du mec de sa puissante main de tordeur d'enclumes.

Oh ! que ça doit faire mal !

A preuve ? Le crevard s'évanouit ! Pauvres chiffes. Tristes minus nazéifiés qui se vêtent en guerriers de l'apocalypse et chient dans leur bénoche de cuir sitôt qu'on les houspille.

Le *great Black* me dit :

– Ce salaud fait partie de l'équipe de surface et ne sait pas grand-chose. Il a vu arriver Ramadé et Antoinette mais ignore ce qu'elles sont devenues.

Je m'arrache à mon état second pour réintégrer la réalité.

– Questionnons les deux gonzesses ! décidé-je.

J'amène les pauvres épaves au plus fort de la clarté végétative qui règne dans ces geôles. Seigneur ! Quelles lamentables figures. Ces regards hallucinés, bouffeurs de visages décharnés ; ces cheveux qui, depuis des temps immémoriaux, sont en jachère.

Domptant mon impatience, je m'efforce de les interroger calmement, manière de les apprivoiser.

En très peu de temps, j'apprends leur mésaventure. Elles étaient déjà au « rebut » : sans ressources ou presque, camées à l'os, contraintes de se prostituer pour gagner de quoi nourrir leurs chiares. A bout d'exténuance, elles sont arrivées ici avec leurs lardons. On a commencé par les séparer d'eux, les astreindre rapidement aux basses besognes de la communauté, jusqu'à ce qu'on les affecte aux « oubliettes ». Elles reçoivent un peu de nourriture et beaucoup d'alcool en compensation de leurs services. Cette existence cancrelate a fini de neutraliser en elles tout désir de rébellion. Elles ont même renoncé à leurs enfants. Elles s'enivrent et se masturbent, cognent sur les captifs en leur apportant leur pitance. Ceux-ci gisent derrière les grilles comme du bétail condamné, soit à la mort, soit à une interminable agonie.

Le gourou se pointe de temps à autre pour faire « sa cure ». Dans ces cas-là, il torture un prisonnier avec raffinement, puis le met à mort en l'égorgeant. Ces exécutions sont toujours en rapport avec les lunaisons.

Jérémie qui conserve tout son chou, interrompt la confession des deux malheureuses :

– Par où vient-il ? Il est bien trop gros pour pouvoir emprunter le passage dans le mur ?

Les deux kapos femelles tendent le bras dans la même direction.

– Par là.

– Montrez ! enjoins-je.

Nous retournons aux cages. Celle située à l'extrémité gauche est vide. La lourde étant légèrement entrouverte, j'y pénètre, constatant ainsi qu'une autre porte, de fer « pleine » celle-ci, s'y trouve. Dûment cadenassée, certes, mais du moment que j'ai mon vieux sésame en fouille... Tu m'as compris tu m'as ?

Cette fois, le couloir est de dimensions humaines. Le grand prêtre peut y engager son obésité triomphante sans risquer de se faire des bleus à l'âme non plus qu'aux miches.

Court et en pente raisonnable, ce passage mène à une serre en friche où la nature sauvage a pleinement retrouvé ses droits. A l'emplacement surélevé des anciens semis foisonne désormais une végétation anarchique.

Les vitres de cette construction sont en grande partie manquantes ou fendues.

Depuis la serre, tu aperçois le château sur ta gauche (ou sur la mienne, si je me mets à ta place) et à droite, des écuries aux toitures affaissées.

Des « sectaires » [1] non encore au courant de l'investissement policier folâtrent dans l'herbe, sous des pommiers trop vieux pour pommer encore.

Rien de bucolique au tableau. Cette horde de paumés dégage une impression oppressante. Me font songer à une peinture flamande représentant le purgatoire. Des êtres retirés du monde, fonctionnant par habitude.

Mon *Black and Blanc* fonce vers ces larves, converse avec elles. Pendant son interview, je gagne les communs en effondrement.

Rien de plus persistant que les odeurs. L'endroit sent toujours le bourrin et la paille

---

1. Adeptes de la secte.

humide. Les araignées règnent ici sans partage (même à midi, ajouterait Claudel).

J'avance sur un sol cimenté, dans la travée bordant les stalles. Les portes ouvertes clopinent sur leurs gonds ; des courants d'air aigres-doux les font grincer.

Je me rends rapidement compte que les boxes sont déserts. Des rats s'enfuient à mon approche. Devant ces ruines, j'ai du mal à imaginer l'époque glorieuse du domaine : fêtes, chasses à courre, valets empressés, montures piaffantes, le son des cors, les servantes « accortes » troussées dans le foin... Tout cela s'est englouti. N'en subsistent que des vestiges et des échos.

« *Et nous, les os, devenons cendre et pouldre.* »

A l'instant où je m'évacue, je crois distinguer un léger scintillement dans la paille feutrant le sol. Ramasse l'objet : une boucle d'oreille ornée d'une perle. S'agit-il d'un nain-dix ? Ou bien ce modeste bijou (modeste, car la perlouze est microscopique) a-t-il été perdu par l'une des nières de la communauté, venue se faire emplâtrer là ?

Je traverse des massifs dégénérés, devenus boqueteaux, afin de rallier le groupe d'enfoirés interrogés par mon collaborateur. Il a toutes les peines du monde à repousser les gestes captateurs d'une gonzesse au regard de braise.

– Je veux pomper le nègre ! Je veux pomper le nègre ! psalmodie l'aimable créature !

Il la refoule à coups de genou, le descendant d'anthropophages. Cette frénésie, loin de le flatter, le plonge dans une fureur qui va croissant, comme on dit en Islamie.

– Tu as appris quelque chose ? lui questionné-je-t-il.

– Plus ou moins. Le side-car a gagné les écuries où il aurait séjourné peu de temps. Avant qu'il ne reparte, deux hommes chargés de matériel se sont pointés.

– Et puis ?

– Et puis rien. Ces gens sont shootés à bloc ; pour leur arracher ces quelques réponses, il m'a fallu des forceps.

– Reconnaîtrais-tu ceci ?

Le bijou paraît misérable dans la paume de ma main.

Jérémie balbutie :

– C'est une des boucles de Ramadé. Je les lui ai offertes pour son dernier anniversaire.

26

LE JOUR OÙ JE SUIS MORT (SUITE).

Il tient le pendant d'oreille comme le prêtre l'hostie consacrée. Sa bouche éclatée tremble. Des larmes lui jaillissent.

– Où était-il ? il susurre.

– Dans les écuries effondrées, là-bas.

Il se met en marche. Je le suis. Je crois bon de le prévenir :

– En dehors de cette perle qui s'y trouvait, tout avait l'air normal.

Haussement d'épaules du malheureux.

Il déclare :

– Rien ne peut être normal. Si l'on a conduit ma femme en ce lieu, c'est dans un but précis !

Revoilà les bâtiments charognés par le temps et l'indifférence des hommes. « *Le ciel est par-dessus le toit, si bleu, si calme.* »

Comme ma pomme, naguère, il examine les tristes lieux. Ballepeau !

Mon amigo soliloque :

– Il n'y avait aucune raison de les amener ici puisqu'ils sont « outillés » dans les sous-sols.

– Très juste, apprécié-je.

Alors, tu sais quoi, Grivois ? Jérémie s'arme d'un manche de fourche en train de faire des heures supplémentaires dans l'une des stalles ; il s'en sert comme d'un « brigadier » de théâtre, frappe le sol consciencieusement. Son intention est d'étudier la résonance de toute la surface.

Il agit sans se décourager de n'éveiller que des chocs sourds. Il a commencé par une extrémité et avance d'une allure de jardinier. Toc ! Toc ! Toc ! Partout cela sonne le plein. Un petit pas, deux coups ; nouvelle enjambée, re-toquetoque.

– Tu pourrais m'aider ! me fait-il, mauvais.

Si je te disais que l'idée ne m'en était même pas venue.

Je déniche un second morceau de bois et pars à l'autre bout de l'écurie.

Dans l'encadrement de la lourde, la fille enflammée du réchaud nous contemple. Elle convoite le chibraque de Jérémie si fortement qu'elle a relevé ses cotillons, comme disait grand-mère, pour s'opérer un toucher de motte de mandolinière.

Et nous deux, enragés, on « pan ! pan ! pan ! » à nous détrancanner les biceps, triceps, forceps et colonne vertébreuse.

Soudain, ça sonne le creux sous mes pilonades. Incontestable. Six mètres carrés forment caisse de résonance. Putain, cette frénésie ! Je dégage les reliquats de paille afin de mettre à nu la chape de ciment. Elle révèle une trappe délimitée par un encadrement métallique.

– Viens ici ! lancé-je à mon compagnon de misère.

Il pige illico, accourt.

En général, une trappe est pourvue d'un anneau permettant de la soulever. Ne voyant rien de tel, et après examen de sa surface, j'en déduis qu'elle obéit à un autre système.

Nos cœurs fonctionnant à deux cents coups minute, nous cherchons la solution. Jéré se casse les ongles à vouloir les glisser dans les interstices.

– Laisse quimper, fais-je, il y a sûrement autre chose.

En cas de mystère aigu, je m'immobilise pour réfléchir.

Tout ici est croulant, rouillé, brisé, hors d'usage, pourtant, la dalle de ciment n'a pas été coulée depuis longtemps. Une fois qu'on l'a balayée, cela paraît évident. S'il existe un système d'ouverture, il est récent et, par conséquent, peut se détecter sans mal dans cet univers agonisant.

Autrefois, papa avait acheté un chien de chasse : un « espagnol-breton », dirait le Gros. Il dressait son chiot en promenant un morceau de barbaque sur le sol, qu'il enterrait ensuite dans le jardin, puis il exhortait le cador par des : « Cherche, mon Dick ! Cherche ! »

A cet instant, je crois entendre la voix engageante de mon dabe, facilement pétardier mais cependant plein de tendresse : « Cherche, mon Antoine ! Cherche ! ».

Je te jure qu'il est à proximité, mon daron. A preuve ? Il « m'oblige » à tourner la tête en direction d'une plaque de concours hippique accrochée à un clou. Du bout des doigts, je la relève. Bravo ! Elle cache un commutateur niché dans le mur.

Que j'actionne.

Il se produit un zonzonnement feutré. La trappe de ciment descend de quelques centimètres, puis se met à coulisser, et découvre une ouverture.

Une effroyable puanteur monte de la fosse. Une odeur qu'il m'est arrivé de respirer quelquefois au cours de ma carrière : celle d'un charnier !

J'empare mon stylo-torche et braque son faisceau dans le trou. La pestilence me chavire.

L'impensable se révèle : un ignoble tas de morts en décomposition ! Pareils à ceux qu'on extrayait, à la Libé, des camps nazis et, de nos jours, des sols occupés par des régimes totalitaires !

Ma lampe tremble dans ma main. Des cris de bête blessée encombrent ma gorge. Je déplace la cruelle lumière : elle me découvre Ramadé, serrant Antoinette blottie dans ses bras.

La Noire est sans connaissance. L'enfant pleurniche doucement en balbutiant : « Maman ».

Plus fou que fou, dirait un publicitaire, je saute dans l'horreur. Cramponne MA fille. Hèle Jérémie. Il ne répond pas. L'une de ses jambes pend dans l'excavation. Évanoui, le bon Jéjé. A toi de te démerdaver, Sana !

Je te raconte pas. Je hisse la petite hors de la fosse. Elle est dans un triste état, avec ses vêtements chiffonnés et puants, son minois maculé de cambouis, ses fins cheveux emmêlés, collés par d'épouvantables viscosités ! Je lui souris.

– Pourquoi tu pleures ? murmure-t-elle.

– Je ne pleure pas !

Je secoue le Négus :

– Arrête de nous jouer *La Dame aux Camélias*, Dugland, c'est pas le moment !

Il a un soubresaut. Rouvre des yeux hagards.

– Aide-moi à remonter ta femme !

– Ramadé ? balbutie le tiersmondiste.

La réalité lui réinvestit la matière grise. Sa physionimie est un déferlement de sentiments intenses.

Pour la seconde fois, je plonge dans l'abomination. Ça fait une sacrée impression de fouler des cadavres réduits en boue !

Agenouillé devant cette fosse commune peu commune, il se met à gerber, l'enfoiré de sa mère ! Merci pour les éclaboussures !

Conjuguant nos efforts (et nos spasmes), nous parvenons à extraire Mme Jérémie Blanc. A l'air, elle sort du coltar, avise son gladiateur, lui ouvre les bras (ce soir, ce sera les jambes).

Nous voici hors des écuries. Les allumés-folâtres font cercle. Ces ébréchés de la coiffe regardent notre quatuor comme s'ils contemplaient la cour de récréation de l'Académie, au moment où les bicornés mangent leur goûter.

Je reviens sur mes pas pour refermer la trappe, puis dégaine Tu-Tues et carbonise deux bastos dans les airs afin d'appeler nos gendarmes à l'aide.

27

LE jOUR OÙ J'AI RESSUSCITÉ.

Ils se ramènent depuis le château, nos bons amis pandores.

J'aime les gendarmes. Je comprends que certaines gens (les malfrats principalement) nourrissent une aversion pour les flics ; mais je ne conçois pas qu'ils l'étendent aux bédis. C'est comme du pain chaud, un schmitt. Bien sûr, il en est de teigneux, des qui se montrent un peu trop jugulaire-jugulaire ; pourtant dans l'ensemble ce sont de braves mecs.

Les voyant radiner, je lâche à Jérémie :

– Pas un mot sur le charnier non plus que sur la geôle souterraine. C'est un trop gros morcif, ça foutrait la panique chez nos ennemis. On va jouer la partition calmos !

Ainsi est fait.

Je te gaze sur nos petites miraculées que nous enveloppons chacune d'une couverture et conduisons à la polyclinique *Salambô*, la plus proche d'ici.

Diagnostic du professeur Homais qui les examine : rien de grave, sinon une légère commotion nerveuse de Ramadé. L'adulte, consciente de l'horreur, a plus mal résisté que l'enfant, sécurisée par l'étreinte maternelle de Mme Blanc, mais tout cela va rentrer dans l'ordre.

Tranquillisé, je vais m'acheter des fringues au « Dandy Normand », un magasin de confection voisin, car les miennes fouettent la fosse commune.

Un long bain à l'hôtel *Bouvard et Pécuchet* et je me retrouve à neuf, ivre de bonheur. Coup de turlu à Féloche afin de la rassurer. Le *happy end* l'éclate en sanglots de soulagement. Justement, Marie-Marie vient d'arriver, elle veut me la passer. Prudent, je coupe la communication pour ne pas entendre les imprécations de la Musaraigne. Délivrée de sa mortelle angoisse, elle va se calmer en attendant notre retour.

Petit somme réparateur en l'absence du Bronzé qui n'en finit pas de ne pas revenir. Il doit tenir la main de sa femme et lui caresser la motte (il est ambidextre). Le printemps chante en moi. Je trique en évoquant l'exquise petite assistante médicale qui m'a mis sur la bonne voie en me parlant du morceau de carte routière envolée. J'irai la visiter sans tarder. Lui placerai ma menteuse de caméléon en spirale. Comme prévu :

auberge du *Plat d'Etain*, fenêtres sur campagne baignée de pluie, hymne du bidet puis du sommier, langue longitudinale depuis ma tête chercheuse jusqu'aux deux maracas. La vraie fiesta françoise ! Je me sens follement heureux ! Délivré ! Conquérant ! Invincible !

Quoi encore ? Non, rien ; ça va comme ça.

Retour à la clinique. Ramadé, gavée de tranquillisants, roupille. J'avais jamais remarqué combien elle est belle, cette sœur ! Dommage qu'elle soit la femme d'un ami absolu.

D'en ce qui concerne MA petite chougnette, ça boume. Elle joue en compagnie d'une infirmière qui lui a confectionné une poupée à l'aide d'une pomme, d'une chaussette et d'un mouchoir. Aucune Barbie ne saurait plaire davantage. Les enfants sont des poètes ; ils ont besoin d'inventer leurs jouets.

Je la regarde s'amuser comme un mélimélomane écoute de la grande musique dans la basilique de Vézelay. La fenêtre s'obscurcit ; les loupiotes s'allument dans l'établissement.

Soudain Blanc réapparaît.

— Où étais-tu ? le questionné-je.

Haussage d'épaules.

— Tu es retourné « là-bas » ?

Il acquiesce.

— Pour t'emparer de cette abomination de gourou ?

– Oui.

– Et alors ?

– Il a disparu. Les gendarmes l'ont laissé sans surveillance.

Je grimace et finis par murmurer :

– Baste, avec sa gueule et son obésité, il n'ira pas loin. La chiasse c'est qu'il va donner l'alerte à ses complices.

Une brève conciliabulation succède. Nous décidons de rentrer à Paname avec Antoinette. Ramadé récupérera au cours de la nuit tandis que Jérémie s'occupera de ses mômes.

*
* *

Au bon accueil !

Des instants pareils, je te les recommande. Ils sont idéals pour préparer une crise cardiaque. Marie-Marie saisit sa fille dans ses bras et la presse contre elle farouchement.

– Maman, maman, gazouille la jolie chérie, heureuse de retrouver sa mère.

Cette dernière monte à l'étage sans me regarder.

Je m'assieds sur l'une des chaises du vestibule. Envie de me mettre deux doigts dans le gosier ; mais parvient-on à se dégueuler soi-même ?

Félicie s'approche, pose ses mains sur mes tempes.

– Quelle épreuve ! soupire-t-elle.

N'a pas envie de s'enquérir. Dire quoi, puisque la gosse est de retour, intacte...

De mon côté, c'est le vide, un néant tendance grisâtre. J'appuie ma tête contre le mur, près d'un tableautin représentant des potirons peints par mon dabe qui aimait barbouiller, parfois.

T'as des moments où l'existence déborde, comme une fosse d'aisance en crue.

M'man murmure :

– Que comptes-tu faire de Mme Selma ?

J'essaie de me désembrouiller les muqueuses du cerveau.

– Qui ça ?

– La nurse d'Antoinette.

Si je te disais que je l'avais oubliée, cette grosse vachasse !

– Elle est toujours menottée à son lit, reprend ma mère. Ce n'est pas très pratique... Heureusement, j'avais conservé le bassin de grand-mère.

– Comment réagit-elle ?

– Elle pleure sans discontinuer ; tu sais, je ne pense pas que ce soit une mauvaise femme.

Je pose un baiser sur le dos de sa main.

– Avec toi, tout le monde il est beau, tout le monde il est gentil !

Je vais pour grimper l'escadrin lorsque je vois déboucher Marie-Marie, notre moufflette d'une main, une valise de l'autre.

– Où allez-vous ? demandé-je.

Mais ne le sais-je pas déjà !

Elle me contemple longuement, avec une émotion contenue.

– Vois-tu, Antoine, je regrette de t'avoir appris ta paternité. Je viens de comprendre, et de cruelle façon, que tu n'es pas fait pour être père. Un homme comme toi, ça reste solitaire, avec une maman qui l'attend et des femmes à chaque carrefour. Ta seule épouse, c'est l'aventure ; ton seul ami, le danger. Nous retournons en Suède où je chercherai une autre nurse.

« Quand l'envie te prendra (si elle te prend) de revoir Antoinette, viens à Stockholm. Peut-être qu'un jour, te sentant vieillissant et n'ayant plus ta mère, tu décideras de raccrocher. En ce cas tu pourras te réfugier sur les rives du lac Mälaren ou de la Baltique. Il se peut que je me sois remariée, mais quelle importance, puisque tu es pour toujours l'homme de ma vie ? »

Et voilà.

M'man pleurait ; moi également.

J'ai serré ma petite fille sur mon cœur pour sentir battre le sien.

Je n'ai rien dit.

Il n'y avait rien à dire.

Elles sont parties.

La vie c'est comme ça.

28

CHASSE À CORPS.

Je me souviens d'un taureau qui ne voulait pas mourir ; à l'époque où j'aimais encore la corrida. Je m'imaginais que c'était l'un des derniers vrais spectacles au monde, avec la boxe. J'étais sensible au cérémonial, aux habits de lumière, au sang. Au sang, surtout !

Je revois ce lourd taureau noir écumant, percé de toutes parts, hérissé de banderilles multicolores, l'épée enfoncée de guingois dans son dos invincible.

Un torero de mes fesses, conspué par la foule, tentait de lui planter la lame de la *puntilla* dans le cerveau, mais l'animal, transcendé par son agonie méprisante s'obstinait à rester campé sur ses pattes. Il refusait moins sa mort que la victoire du triste héros chamarré affolé par ses honteuses maladresses.

En cet instant, c'est moi le taureau blessé, à l'agonie dodelinante.

Moi, qui titube, soûlé de chagrin. Mais personne ne m'acclame. Au contraire, un silence me condamne.

Comment fait-on pour continuer sa vie après une pareille estocade ?

Heureusement, le Seigneur est là, qui vigile.

Une bourrasque déboule, aux senteurs d'ail. Une voix, évoquant un concours de pets dans une contrebasse, éclate :

— Toive, alors, tu m' la copyright ! La journée à morfonde dans c' putain d' camion rital !

Je pose sur lui un regard plus lointain que Pluton.

Le Mastard poursuit ses incriminations :

— Je croivais qu'tu m'avais laissé un message sur où vous alliez, mais chibre ! Et c' tordu dont t'as zingué les fumerons qu'en finissait pas de gueuler, n'au point qu' j'ai dû lu farder les pommettes av'c la crosse d' mon riboustin pour l'endormir ! Pourtant, ça n'a pas été du temps complètement perdu !

Il me guigne, dans l'attente d'une rafale de questions. Mon apathie (laquelle ne vient pas qu'en mangeant) le déconcerte.

— Secoue-toi, Grand, murmure-t-il, on la retrouvevera, ta mouflette !

Pauvre connard ! Il ne sait pas encore que je viens de la perdre pour la seconde fois !

— Bon, j' vais t' dire...

Il remet sa couille droite en place, c'est-à-dire à gauche du bénoche, vu qu'il porte côté cœur.

— Tandis qu' j' poireautais dans c' t' cabine du gros « Q », on est v'nu tambourer à la porte. N'aussitôt, je biche mon composteur et j' dépone si tant fort qu' la personne frappeuse se prend la lourde dans l' portrait. Un' gonzesse, Sana, capab' de t' rend'dingue : blonde, jeune, des lèvres à shampouiner l' braque d'un éléphant. Elle portait des lunettes vachement smart ; malheureusement, l' coup d' portière qu'é s'est morflé dans les naseaux les a puvelrisées. J'ai voulu savoir c' qu'é v'nait branler là, mais ell' m'a joué bouche cousue et modus vivandière ! J' croye qu'é s'gênait de l'autre. N'en fin de compte, j' l'ai passé les cadennes et emballée, propre-en-ordre.

Sortant enfin de ma prostration, je demande à Béru ce qu'il a fait de sa prisonnière.

— Rien encore, répond-il.

— C'est-à-dire ?

— Dans c' circus on marche soite su' des œufs, soite su' des bombes à retardance. J'ai préféré t' l'amener. Elle est dans l' coffiot d' sa tire d'vant ton pavillon.

Allons donc quérir cette singulière personne.

Très effectivement, elle se trouve entravée et lovée à l'arrière de sa chignole, une Chevrolet en légère déglingue, vieille d'une dizaine d'années, ce qui est un âge canonique pour une guinde, de nos jours.

– Pourquoi avoir conservé sa voiture ? m'enquiers-je.

– Biscotte la mienne est rincée, mec. Elle m'a lâché à quéques centaines de mètres du parkinge, raison à propos d' laquelle j'ai attendu là-bas. Ça fait lurette qu' j' veuille en changer, mais t' sais c' qu' c'est ? On s'habitude aux choses.

Nous rentrons la bagnole dans mon garage, en extrayons la passagère afin de la conduire dans la resserre où nous rangeons, l'hiver, les meubles de jardin.

L'endroit sent la pomme de terre germée et le géranium desséché. Sur un côté, j'ai installé des rayonnages, m'man y entrepose des confitures, des conserves et autres denrées ménagères.

Je fais asseoir la gerce dans un fauteuil de fer, devant une table ronde de même métal. Une pénombre douceâtre nous enveloppe. C'est vrai que la môme est superbement roulée de première. Sans ses lunettes (la trace se lit sur l'arête de son nez tuméfié), son regard de myope s'accentue et acquiert un charme supplémentaire.

Tu n'ignores pas combien je fonctionne à l'intuition ?

– Vous apparteniez au commando mandaté pour assassiner Pamela Grey à l'hôpital, demandé-je à brûle-pourpoint.

Elle fronce les sourcils, comme pour mieux me considérer, et répond :

– Vous pouvez le prouver ?

– Ayez confiance : en temps utile, ce sera fait.

Je sens que j'ai affaire à une cliente sérieuse, retorse, maligne, froidement déterminée. Quand elle passera aux assiettes, elle saura embobiner le jury, voire même le président. Césarine, pour lui arracher des confidences, va falloir pousser la flamme de la lampe à souder !

– Que veniez-vous chercher dans ce camion ?

– Je voulais demander ma route.

– A un chauffeur supposé italien compte tenu de l'immatriculation de son véhicule ?

– Les cartes routières sont internationales.

– Vous avez des pièces d'identité, naturellement ?

– Elles se trouvent dans mon sac à main, à l'intérieur de la voiture.

– Va voir ! enjoins-je au poivrot-étoile de la Rousse.

Bibendum sort en maugréant qu'il a faim et commence à en avoir plein les miches de ce métier à la con. S'il aurait su, il aurait resté à la ferme familiale de Saint-Locdu-le-Vieux, et bourrerait encore la fille Marchandise qui, à treize ans, possédait déjà une chatte comme l'Arche de la Défense !

Je me penche sur notre chérubine. La chaleur de son visage m'est perceptible.

– Je ne veux pas vous impressionner, mais sachez que ça va mal pour vous, ma chérie. J'ai récupéré mon enfant, et mon adjoint sa femme, dans votre beau château de Saint-Julien-l'Hospitalier.

Bingo ! Je marque un point.

Pourtant, elle parvient à se dominer.

– J'ignore ce dont vous parlez.

Je soupire :

– Mon Dieu, quel système de défense pauvret ! J'attendais mieux de vous.

Elle ne réagit pas, soudain pétrifiée, comme toi lorsque ta femme entre dans ton burlingue au moment où ta secrétaire te taille une petite bouffarde devant la console de l'ordinateur.

Ce qu'elle regarde ?

Je vais te dire.

Auparavant, sache que ce cabanon est fréquenté par des rats. Les graines mortifères faisant marrer les rongeurs, Féloche a installé une nasse de grillage appâtée au gruyère. Plusieurs fois par semaine, la gent trotte-menu s'en vient chercher sa perte.

Il est rare qu'un gaspard, voire deux, ne se fasse pas poirer. Impitoyable, m'man si douce, plonge le piège dans le petit bassin et revient après que l'eau a accompli son œuvre.

Gradube radine avec le sac de la fille. Il la voit figée, ses yeux braqués sur le siège où un gros muridé au museau pointu et à la longue queue écailleuse semble attendre le métro. On se défrime, Sacam' et moi. On se comprend. Ce rat félicien pourrait parfaitement être notre providence.

Je me lève, saisis le piège par son anse et viens le déposer sur la table.

Tu renoucherais la guerrière ! Elle bande son torse pour se reculer un max ; ses lotos deviennent gothiques !

— Enlevez ça ! glabatouille-t-elle.

— Elle est poilante, cette greluche, dis-je à Alexandre-Benoît Premier. Elle te découperait les testicules avec des ciseaux de brodeuse, mais un brave mammifère la fout en transe !

Cette découverte, aussi heureuse que fortuite, dilate le Ventru.

— On va y faire faire connaissance d' plus près ! annonce-t-il en se délectant. Moi, c' qui m' vient en tête, c'est le projet ci-joint. On ôte galamment la culotte à Médème, on ouv' la cage et on place la sortie d' s' cours contre l' couloir à pafs d' cette beauté ! Le gaspard, son idée, c'est d' jouer cassos. Voiliant un terrier, il y fonce ; logique, il a passé sa vie à entrer dans des trous !

— C'est valable, conviens-je et, pour tout te dire, j'envie ce rongeur !

C'est alors que notre prisonnière se met à hurler.

29

LA RECONQUÊTE
DES TERRITOIRES OCCUPÉS.

Pendant que maman Félicie faisait des courses en compagnie du petit enfant inconnu tombé du ciel (ignorant son nom, elle l'avait baptisé « Bruno » à cause de son teint sombre et de ses cheveux noirs), son employée de maison, comme on dit puis en parlant des anciennes bonnes à tout faire, repassait un costume de M. Antoine.

Elle s'appliquait, sachant combien le fils de sa patronne détestait les doubles plis de pantalon et les cloques aux revers de veste. Il n'avait rien d'un maniaque pourtant et l'honorait volontiers d'un coup de bite à l'occasion, ne dédaignant pas les étreintes ancillaires.

Il possédait une verge de belle prestance dont il se servait à merveille, ajoutant à cela une technique très « pointue », un esprit inventif peu commun dans le royaume de Juan Carlos. Elle appréciait fort, entre autres délices, sa chevauchée cosaque assortie d'un doigt mouillé dans l'œil de bronze.

Elle fut tirée de son évocation érotique par une voix soudaine, sortie de nulle part. Voix qu'elle estima céleste sans barguigner et qu'elle attribua immédiatement au Seigneur. D'où miracle !

Cependant, elle était incommodée par le fait que l'organe en question s'exprimait en anglais, dialecte dont un emploi dans un hôtel lui avait enseigné quelques mots.

La gentille exilée savait que Dieu comprend toutes les langues de la planète, mais croyait qu'Il ne prenait la parole qu'en castillan.

Sa stupeur surmontée, elle tendit davantage l'oreille, allant jusqu'à la poser contre le vêtement en cours de repassage.

La chère fille perçut encore quelques syllabes et ne tarda pas à découvrir qu'elles sortaient de la petite boîte plate trouvée quelques semaines plus tôt dans une poche de Monsieur.

Cette fois l'objet l'effraya. L'ayant longuement examiné, elle le reposa sur l'étagère à côté du vieux poste de radio qui, depuis des lustres, s'obstinait à fonctionner.

Pilar (son état civil comportait à peu près tous les prénoms féminins du calendrier) avait le cœur plus serré qu'un poing communiste. Les nerfs tendus, elle redoutait (en l'espérant confusément) une nouvelle manifestation sonore de la boîte.

Rien de tel ne se produisit.

Au bout d'une heure, elle alla renouveler son Tampax et but une forte goulée de Malaga à la bouteille rapportée à sa patronne, de ses dernières vacances.

*
* *

Le basset se passa une langue longue comme une traîne de mariée sur les roustons et reprit le cours de sa méditation. C'était la première fois qu'il égorgeait quelqu'un. La victime avait beau n'être qu'un homme, et qui plus est un criminel, ce sauvage réflexe le troublait. Cela dit, sans son intervention, l'ami de son maître serait mort, donc il avait accompli un acte salvateur.

Depuis plusieurs jours le prêtre asiatique louait une chambre à Mme Goguenuche, la brave « logeuse » de Salami. D'emblée, le personnage avait éveillé la suspicion de ce chien hors pair (mais pas hors paire). Le hound avait décidé de rester sur place pour le surveiller, voire prévenir les mauvais desseins dont il le sentait animé. Bien lui en avait pris.

Le brave clébard regrettait déjà d'avoir décliné l'invitation du bonhomme, car il pressentait confusément que Félix n'en avait pas terminé avec ses ennemis. D'autre part, l'égorgement du Jaune, près du confessionnal, déclencherait un patacaisse du diable ! Le signalement de l'animal serait diffusé et les services de la fourrière, épaulés par la poulaillerie, chercheraient ce basset dans tout lc 18ᵉ.

La décision du valeureux toutou fut rapidement arrêtée. Il absorba, en hâte, quelques morceaux de Canigou dans son écuelle, et fila prestement.

Heureusement, Galochard puait des pinceaux. Salami n'eut aucune difficulté à relever sa trace.

Dans la crypte du château de Saint-Julien-l'Hospitalier, la gendarmerie de l'Eure, assistée des Services de la Croix-Rouge (en anglais *Red-Cross*), s'occupait activement de libérer, et de donner les premiers soins aux prisonniers pitoyables du gourou, lequel, malgré les avis de recherche demeurait introuvable.

Beaucoup des séquestrés étaient dans un état critique et respiraient d'une façon précaire. On avait dressé une tente sanitaire dans le parc pour prodiguer les soins de première urgence. Les pauvres victimes, parmi lesquelles le général Godefroi Haumiche, se tenaient lovées sur les civières, en position foetale.

Un brigadier au kebour de traviole demandait leur identité à ceux qui pouvaient encore parler.

Il la notait sur des feuillets fixés à une planchette de bois. Il ne s'agissait pas encore de déposition, seulement de dresser la liste de ces gens sortis de l'enfer.

Le gendarme parvint devant un très vieil homme à la barbe longue et soyeuse comme celle de quelque magot chinois. Ses orbites ressemblaient à des cratères lunaires. Il lui adressa un sourire compatissant.

– A vous, grand-père, fit-il. Vous pouvez me dire votre nom ?

Le presque mourant acquiesça, et murmura très bas :

– Je suis le père Pierre Chatounet.

30

SONNEZ LA CHARGE !

Marrant, quand on y réfléchit. Voilà une gonzesse qui a dû carboniser davantage de mecs
qu'elle n'a confectionné d'omelettes norvé-
giennes dans sa vie, et qui joue des castagnettes
avec ses dents et ses miches à cause d'un bon
vieux rat de banlieue piégé.

Défaut de la cuirasse. Même dans le crime,
nul n'est parfait.

Quand elle s'est affalée, nous avons décidé de
contre-attaquer sans délai, le Saint-Locducien et
moi.

On a embarqué la môme Dolly et le gaspard
avec nous. Il constituait la souris de l'Abbé Jou-
vence, un vade-mecum idéal ! Diaboliquement,
on a posé la nasse près de la fille, sur la ban-
quette arrière. Comme s'il avait pigé ce que nous
attendions de lui, le moustachu ne la quittait pas
des yeux et couinait parfois en secouant les barreaux de sa cage. Je lui rendrai la liberté « après

usage » : il le méritait. Toujours se montrer reconnaissant pour les services rendus. Que ce soit vis-à-vis des hommes ou des rats.

Pendant que nous roulions, Béru criait la faim. Je lui ai promis d'aller faire le plein plus tard, après « l'opération ». Les toréadors ne mangent jamais avant une corrida ; or, nous allions entreprendre une action plus redoutable que les jeux de l'arène.

*
* *

Nous sommes arrivés dans Paname à la nuit tombée. J'ai coupé à travers le bois de Boulogne et gagné les quais. Devant nous, perçant la brumasse, la tour Eiffel semblait frappée de somnambulisme. Un jour, on la démolirait parce que les tas de ferraille finissent connement. Ou bien quelque fantaisie atomique la ferait fondre. Mais enfin, bref, à cet instant, je sentais sa précarité irrémédiable, et ça ne me faisait ni chaud ni froid.

J'ai suivi la rive droite jusqu'à l'Alma, puis ai emprunté la rampe menant à la Seine. Un troupeau de grosses péniches noires s'agglutinaient le long de la berge.

Dolly nous a conseillé de remonter le train de barlus en direction de Grenelle. A un moment donné, elle a murmuré : « Stop ».

J'ai pilé.

Quelques mètres en aval, un fort chaland battant pavillon belge était amarré bâbord contre les pierres du quai.

— C'est là ? a demandé Bérurier.

— Oui.

On voyait des lumières sur le rouf et de la musique de danse s'échappait de ses flancs. Quelques automobiles cossues stationnaient, face au fleuve.

— Y a réception au domaine ! a remarqué mon alter-inégal.

Je me suis rangé dans une zone d'ombre du pont Mirabeau. Deux clodos couverts de sacs et de journaux m'ont insulté ; leur ai filé cent points et ils se sont pris à m'aimer.

— T'as des projets ? a questionné Alexandre-Benoît en laissant filer une louise langoureuse dans les azurs de son bénouze.

— Ça va venir ! ai-je promis.

J'ai appuyé ma nuque sur le dossier.

Le pour et le contre ?

Rien de plus difficile à peser ! Aucune balance, fût-elle de Roberval (Gilles Personne de) ne peut y parvenir.

Je ferme les châsses. Perçois les bribes de musique s'étirant sur l'eau. Sourd grondement de Pantruche jamais totalement calmé.

Chose bizarre, Big-Bide respecte ma concentration. Il sait que nous vivons un moment capital. Si nous livrons l'assaut à deux, nous risquons une défaite en comparaison de laquelle celle de Pavie ressemblerait à une partie de colin (mayonnaise)-tampon, alors qu'avec nos incomparables troupes la victoire serait assurée.

Jumbo, l'éléphant rampant, poursuit ma pensée à haute voix :

– Si qu'on choisit d'alerter les collègues, mec, on passera à côté d' la gagne. Les forbans seront emballés et point à la ligne. Nos représesailles tomberont à la flotte. Ces vilains seront carcérés, on leur fournirera des bavards triés su' l' barreau et y z'auront commis toutes ces horreurs pour rien. Nous aut' on comptera pour d' la magarine rance !

– Conclusion ? fais-je au bout de sa diatribe.

– Ben : les *Marines* attaquent à l'aube, Grand ! C'est l' moment de montrer qu'on a des couilles bien en place ! La seule chose dont j' m' demande, c'est ce qu'on va fiche d' la mousmé. La r'mett' dans le coffiot ? J' dis pas, mais comm' elle a vu les clodos, elle va faire du suif pour attirer leur intention.

Brève réflexion du surdoué de la pensarde que je crois être.

– Nous allons l'emmener avec nous ! décidé-je.

– Tu croives ?

– Ça peut devenir un atout.

– Si tu l' sens commak, souate ! Et le rat ?

– Nous attacherons sa cage dans le dos de la donzelle pour juguler de possibles arnaques.

Sa Majesté briocharde m'enveloppe d'un regard expressif comme deux cerises à l'eau-de-vie.

– C' qui m' plaît, chez toi, c'est qu' t'as pas du foin dans la tronche ! m'assure-t-il admirativement.

31

L'EMBARQUEMENT POUR CITERNE.

On se pointe à l'échelle de coupée (terme sûrement excessif pour qualifier la passerelle unissant le quai à la péniche, mais tel est mon bon plaisir et je te compisse la raie médiane).

Deux gusmen sont là, qui font le pet en grillant des cigarillos de pacotille. Nous voyant surgir, ils s'interposent :

— Où allez-vous ?

Je désigne Dolly.

— Nous ramenons mademoiselle, elle a eu un accident de la circulation.

Les chiourmeurs reconnaissent notre prisonnière.

— Rien de grave ? lui demandent-ils.

Ce disant, ils découvrent les menottes enserrant les poignets et s'alarment :

— Hé ! Doucement ! Qu'est-ce que ça veut dire ?

Je leur indique Béru de la hure :

– Monsieur va tout vous expliquer.

Sans trop se mettre en condition, Bibendum les harponne chacun par un revers de veste et les utilise comme un cymbalier son instrument. Là, ça ne produit qu'un bruit mou. Les vigileurs sont sonnés, aussi est-ce un jeu d'enfant pour mon pote de les virguler à la Seine. Ploff!... Ploff!

L'un d'eux, plus lourd que l'autre, « asseinit » en priorité.

Alors, sans plus nous occuper de ces gentlemen, nous dégainons notre artillerie et dévalons les quelques marches menant au salon.

Je peux déclarer sans forfanter que notre arrivée produit son effet.

Il y a une demi-douzaine de personnes en ce lieu élégant. Illico, je retapisse Mr. Blood, assis à une table de bridge, en compagnie de trois autres mecs; il fume un Corona gros comme la fusée Ariane.

Pour mémoire, je te redis que c'est un grand vieillard parcheminé, aux cheveux très blancs, dont le regard recèle moins de tendresse que celui du crapaud-buffle souffrant d'hémorroïdes.

– Navré d'interrompre cette partie, déclaré-je en m'avançant vers leur table.

Les partenaires de Blood ont des frites latino-moncul pas piquetées des charançons! Ils feraient du stop sur une route déserte, t'enfoncerais l'accélérateur de dix centimètres dans le plancher.

Deux autres gonziers (leurs porte-flingues de toute évidence) écoutent la zizique en gorgeonnant du brut blanc de blanc millésimé.

Notre entrée un temps pestive les fait se dresser et dégainer des riboustins de gardes-malades.

Le Gravos, en comparaison duquel Buffalo Bill serait juste bon à jouer aux fléchettes, virgule deux bastos privant chacun des péones de sa dextre pour une durée indéterminée. Leurs flingues chutent sur le tapis. Avec un calme impressionnant, Alexandrovitch-Benito va à la ramasse ; ses vagues sont vite aussi gonflées que lui.

Le silence qui succède aux coups de feu pourrait être de Jean-Sébastien Bach.

C'est l'instant que choisit le rat pour frénétiquer dans sa nasse, déclenchant les cris hystériques de la garce.

Mr. Blood réagit :

– Que signifie cette cage dans votre dos ? demande-t-il à Dolly.

Mais elle est bien trop terrifiée pour engager la converse, aussi réponds-je à sa place :

– Votre aimable partenaire est étourdissante de brio, mais elle souffre d'une grave faiblesse que vous ignoriez probablement : elle a la phobie des rats ; nous avons fortuitement découvert la chose et l'avons exploitée comme il fallait.

L'Américain tripote ses brèmes d'un doigté gourmand. Il semble réfléchir.

Soudain, l'un de ses compagnons de jeu éponge la sueur dégoulinant de son front avec sa pochette, puis fait mine de la ranger. Seulement, au lieu de la remettre où elle se trouvait, il la coule dans sa vague intérieure.

Gros malin !

Tu penses qu'au moment où il déballe son composteur, le mien crache déjà son venin !

Il se morfle la balle dans la pommette, ce qui a pour résultat de lui faire gicler l'œil de l'orbite. Pas gai comme blessure. Un tantisoit dégueu, ajouterai-je. Ce gnaf reste pétrifié devant ses cartes. Tiens, il avait un brelan de rois ! Son lampion énucléé pend sur sa joue sanguinolente.

— T'auras qu'à porter un monocle, lui fais-je, ça te donnera l'air distingué.

Connaissant son affaire, le Gros palpe les vestons des autres joueurs et ramasse leur artillerie de fouille.

— J'vas pouvoir monter un' armurerie, jubile cet être simple mais astucieux. On a encore des cadennes, j' croive ?

Je lui tends mes menottes. Il les utilise avec prestesse pour enchaîner l'un à l'autre les deux flambeurs restants.

C'est beau, une paire de mecs en action lorsqu'ils sont décidés et expérimentés. En moins de rien, les trois partenaires de Blood, ainsi que les gardes du corps, sont bouclarès dans la chambre des machines où ils vont pouvoir prendre un repos bien gagné sur de la tôle huileuse.

Le Mastard revient au salon en déclarant qu'il a verrouillé la trappe d'accès et leur a coupé l'électricité.

Policier zélé, ne commettant jamais d'imprudence, il retourne sur le pont s'enquérir des plongeurs.

Il revient, le bec enfariné, pour m'annoncer la noyade de l'un et la perte de conscience de l'autre, lequel s'est ouvert la calebasse contre une pierre du quai.

J'approuve d'un hochement de tête.

— Toutes les conditions sont réunies pour qu'on puisse ouvrir la séance, fais-je au vieillard.

S'agit-il d'une impression ? Il me semble que son havane tremble un peu entre ses lèvres minces.

32

L'ADDITION.

Avec son muridé dans le dos, la Dolly n'en mène pas plus large que la zitoune d'un petit garçon dans la figue d'une fillette. D'autant que ce brave rat lui grattouille les omoplates de ses griffes exaspérées ! A chaque attouchement du rongeur, cette connasse pousse des cris d'orpailleur découvrant une pépite d'une tonne !

Son attitude ajoute à l'agacement glacé de « l'Empereur du Crime ».

– Calmez-vous, voyons ! s'emporte-t-il. Ce n'est qu'un rat.

Mais il n'y a rien à dire. Tu ne peux endiguer la terreur d'un individu car elle échappe au raisonnement.

Un frémissement contre mon testicule droit m'avertit que mon portable veut prendre la parole. Je soulève son capot et le mâle organe de Jérémie vient embellir mon ouïe.

– Où es-tu ? me demande-t-il âprement.

– A bord d'une péniche battant pavillon belge près du pont Mirabeau.

– Qu'y fais-tu ?

– Je t'attends. Où en est Ramadé ?

– Je l'ai ramenée à la maison, complètement chamboulée par sa mésaventure. Avant d'aller la chercher à la clinique, je suis retourné à Saint-Julien-l'Hospitalier.

– Alors ?

– On donnait des secours aux malheureux séquestrés. Parmi eux sais-tu qui j'ai trouvé ?

– Vas-y ?

– Le père Chatounet !

– Je ne pige pas...

– Le « vrai ». Celui qui s'est fait buter à l'église était son frère jumeau ; un sacré loustic qui avait choisi les chemins du crime plutôt que ceux du ciel !

Je suis scié.

Surmontant mon incrédulité, je décide :

– Amène-toi, grand primate, j'ai une bonne surprise pour toi !

– Quoi donc ?

– Si je te le disais, ce ne serait plus une surprise.

Renfouille mon biniou. Surprenant, ce qui m'arrive. Une sauvage sensation de bonheur ardent, comme lorsqu'on tire une mousmé charitable du fion qui joint les sentiments à l'enfilade.

Le misérable paraît de plus en plus préoccupé.

— Si je comprends bien, articule-t-il avec des glapougnotes dans le gosier, vous venez discuter à propos de votre fille ?

Je ne réponds pas.

— Elle... elle est en bonne santé ! place-t-il.

Ma pomme, impossible de me contrôler davantage : te lui file un aller-retour dans la gueule. Il en glaviote son râtelier et le cigare qui s'y trouvait coincé.

Privée de ratiches, sa bouille s'affaisse. Il ressemble à mon ami Sim, en pas sympa.

— Écoute, ganache, je lui bonnis ; tu ne te tiens pas assez au courant de l'actualité. Ma fille est en sécurité, la petite Noire idem, et la grosse pétasse de mon ami Bérurier ici présent aussi. Nous avons fait un tour chez ton gourou à la pompe-moi-le-nœud. La visite ne manquait pas d'intérêt.

Entendant cela, il ramollit de la moelle épinière, pressentant du très mauvais, de l'indescriptible. Peut-être tient-il à ses os, malgré son âge et sa cruauté ?

— Sais-tu où j'ai découvert la petite Antoinette, vérolé de l'âme ? Dans une fosse pleine de cadavres décomposés.

Ma fureur est montée de dix crans ! Je bronche, soudain, sous l'effet d'une révélation :

— Mais dites-moi, grand-papa gâteau, le petit garçon déposé chez moi vient du Château des

Horreurs ? On l'a piqué à l'une des épaves de cette congrégation maudite pour l'amener dans ma maison et rendre plus terrible encore la perte de notre ange, n'est-ce pas ? Que la malédiction du Ciel soit sur toi et t'anéantisse !

Puis, Bibendum d'ajouter :

– C't' un suppositoire d' Satan, ce type ! Tu croives qu'eguesiste un châtiment assez terrib' pour lu espier ses crimes ?

Bonne question. Je me la posais, précisément.

– Pourquoi tant de barbarie ? demandé-je à Mr. Blood.

Il me file une œillée identique au contenu d'un œuf glaireux et ironise :

– Bavard de Français !

J'éprouve des pulsions homicides. Pourquoi, à cet instant, évoqué-je un de mes amis religieux, totalisant, d'opération en opération, trois mètres quarante de cicatrices, au moment où je mets sous presse ? Cela ne l'empêche pas de manier la fourchette et de savourer l'Yquem, car Le Seigneur l'a à la bonne.

Dans la carcasse de ce banni du ciel, c'est dix mètres de plaies que j'aimerais inscrire ! Le peler comme une pomme ! Transformer son corps en Colisée de Rome !

– Parler détend l'atmosphère, lui dis-je, votre intérêt est de répondre à mes questions ; et j'en ai beaucoup à vous poser.

Nous sommes interrompus par un hurlement de Miss Dolly à qui le gaspard vient de donner un coup de griffes.

– Commençons par le père Chatounet et son frère, reprends-je. Pourquoi la crapule a-t-elle pris la place du saint homme?

Ma question demeurant sans réponse, mon fougueux Béru « fait le nécessaire » : il sectionne le bout du nez de Blood au moyen d'un cutter dont il ne se sépare jamais. Puis il récupère l'espèce de demi-cerise consécutive à son initiative et la dépose dans la main du Vermineux.

– Souvenir! murmure gentiment le Gros.

Cette fois, ce fennec enragé met les pouces avant qu'on ne les lui tranche. Il s'opère une éperduance dans son être. Comprends-le : ce caïd a toujours régné, il n'a rencontré que sourires pleutres et échines en arc de cercle sur sa route. Il a molesté, tué sans vergogne. Le moindre de ses gestes générait des meurtres. Or, par un inconcevable retour de manivelle, c'est lui à présent le torturé, le brimé, le vaincu.

– Alors, le père Chatounet? reprends-je.

Il se met à jacter.

Un département de la drogue, en France, fonctionne dans ce haut lieu touristique qu'est le Sacré-Cœur de Montmartre. Chatounet-crapule a déposé, au nom de son frère, une requête pour devenir un desservant de l'illustre basilique. Sa demande agréée, ne restait plus qu'à faire revenir Chatounet-saint-homme à Paris et à prendre sa place.

Mais l'organisation ne pouvait laisser le religieux en liberté, il risquait, sans le vouloir, de tout faire capoter. Alors on le conduisit dans le Flaubertin, au fameux Château de la Honte, et le frère maudit put se livrer librement à ses activités criminelles. Il participa au rapt de ma fille, au cours duquel ce sale con perdit la carte magnétique de sa chambre. Ce fut le grain de sable dont parlaient les romanciers de jadis. Le tournant du match, la maille qui file et tout ce que tu voudras d'aussi glandochard.

Hélas pour lui, l'imposteur se permit quelques fantaisies avec ses complices, au plan pognon, signant ainsi son arrêt de mort (diraient toujours les mêmes figures de fifre littéreurs). Un faux prêtre asiatique, supervisant le trafic du Sacré-Cœur, mit fin à ses arnaques voyouses.

Suivant le cours majestueux de mes pensées qui n'est pas sans évoquer le delta de l'Amazone, je retourne aux énigmes non élucidées dans le précédent *book* :

– Pourquoi Elnora, la pseudo-amie de Pamela Grey, a-t-elle disparu du bateau qui les amenait en Europe, laissant croire qu'elle était passée par-dessus bord ?

L'homme, qui range le bout de son pif dans sa poche-gousset répond :

– Pamela savait que son père faisait surveiller Elnora à propos de laquelle il avait des doutes. Fine guêpe, Elnora s'en aperçut et précipita à la mer, par une nuit romantique, l'homme chargé de l'observer. Ensuite de quoi, elle revêtit des vêtements masculins et se claquemura dans la cabine du disparu, si bien que c'est elle qui fut portée manquante.

Interruption.

Arrivée en trombe du Mâchuré, resplendissant dans un complet vert printemps et une chemise bleu kind. Rasé, odoriférant, on devine le mec fou de bonheur qui s'est vidé les burettes et a poussé ses ablutions jusqu'à la mue.

Pourtant son sourire s'efface quand il avise Mr. Blood. Il met un temps à le reconnaître car, sans son dentier et son bout de nez, l'Empereur du meurtre toutes catégories a perdu son aura. Il ressemble à un prédateur déplumé dans la vitrine d'un naturaliste.

– Putain ! exulte Jérémie, nous le tenons enfin !

Il le contemple sous toutes les coutures, comme tu admires la nouvelle bagnole qu'on vient de te livrer.

– Où en est-on ? finit-il par demander.

– Au bavardage, fais-je, sur le ton de la badinerie.

Résumé éclair de ce que tu sais déjà. Approbation solennelle de mon copain chéri.

– Tu connais la raison de leur acharnement contre Félix ?

– Je me proposais d'aborder la question.

J'entreprends de nouveau notre client.

Le scalpé du clapoir nous la joue docile, soit qu'il chocotte, soit qu'il cherche à gagner du temps ; avec une vermine de ce calibre, impossible de se forger une opinion.

Le prof ? Ses scouts et lui, entrevoyant mal notre dessein, ont décidé, par prudence, de l'éliminer. L'embarquement rapide du brave retraité sur un navire de croisière n'a fait qu'affermir leur décision. Et ce bougre d'échapper à quatre attentats : dans son loft, sur le bateau, dans la bagnole d'Herbert Malandryn, puis au Sacré-Cœur !

Ils s'enrognaient après sa vieille carcasse. Il était devenu leur bête noire ; à liquider d'urgence.

Je ris. Bon prince, j'explique à mon terlocuteur qu'ils se sont excités en pure perte, ses maffieux et lui. Ç'aura été du temps, du pognon et de l'énergie perdus !

Le regard qu'il me virgule ferait exploser la station Mir !

33

POUR SOLDE DE TOUT COMPTE.

Depuis combien de temps suis-je sur cette péniche de luxe, à cuisiner le gonzier le plus infect que j'aurai rencontré au cours de ma vie?

Les heures s'écoulent autrement. Plus question de montre. La musique d'ambiance retentissant lors de notre arrivée a cessé, faute de munitions. Le rat continue de couiner, de même que la donzelle dont il s'obstine à mandoliner les omoplates.

Depuis la survenance de Jérémie, Béru ne braque plus Blood, mais bricole dans un coin du salon.

Que fabrique-t-il?

Je m'abstiens de le lui demander tant il semble mobilisé par sa tâche. Je désigne la cave à liqueurs trônant près d'un canapé.

– Tu devrais nous servir un petit quelque chose, Jéjé, j'ai la menteuse en os de seiche!

Il obéit avec empressement.

— Je nous prépare un Baccardi ?

— *Yes*, mec, avec très peu de grenadine.

Pendant qu'il manie le shaker, je me rapproche davantage du Vilain dont le tarbouif sectionné raisine sans discontinuer.

— Personne ne saurait désormais te mener par le bout du nez, plaisanté-je.

Il trouve ma remarque de mauvais goût. Elle est facile, mais quoi, on peut se relâcher après d'aussi dures aventures, non ?

— Maintenant, comme point d'orgue, parlons de la fameuse petite boîte en or, fais-je d'un ton sans réplique.

Il branle le chef. Que voudrais-tu qu'il branlât à son âge pontifical ?

— Où est-elle ? croasse le corbaque.

— Non : c'est moi qui questionne, ne l'as-tu pas encore compris, momie démaillotée ?

Il renfrogne kif un hibou au bec coupé.

— A quoi rime ce délicat objet ressemblant à quelque téléphone archiminiaturisé ?

Jérémie me présente une boisson rose décorée d'une tranche de citron (en anglais : *lemon*).

— Il est à ta botte, ce cocktail ?

Je goûte.

— Excellent dosage, fils.

— Tu vois, si je n'aimais pas tant mon métier de flic, barman, ça m'aurait plu.

– Tu pourras toujours t'y mettre, la retraite venue.

Puis, faisant front au père la Clapote :

– Alors, cette boîte ?

– La détenez-vous ? s'obstine-t-il.

– Admettons.

Il étanche son sang d'un revers de manche.

– Un appareil comme celui-ci, il n'en existe pas dix dans le monde !

– Ça ne m'apprend rien sur sa signification.

– Cette chose a été mise au point par le F.B.I. Elle est réservée à des individus supra-privilégiés. Son détenteur est assuré d'une protection totale sur l'ensemble de la planète. Il suffit de programmer le code pour qu'aussitôt le Bureau Fédéral d'Enquêtes intervienne et se porte au secours de son possesseur.

– Rien que ça ? réagis-je, abasourdi.

Je ramasse ma surprise et la glisse dans la poche de sûreté de mon slip exténué.

– Votre ami David Grey avait droit à l'un de ces gadgets ?

– Ça vous donne une idée de sa puissance !

– Il était de mèche avec les Fédés ?

– Sa principale qualité consistait à se rendre indispensable ; même le Président faisait appel à ses services.

Re-méditance du prodigieux Sana, l'homme capable de remplacer tout le monde mais qui reste irremplaçable.

– Vous avez mis notre univers à sang et à feu afin de vous approprier cet appareil, il est donc transmissible ?

– Il me le fallait absolument pour contrer le F.B.I., et puis je suis le successeur de Grey, non ?

– Son assassin, voulez-vous dire.

– L'Histoire fourmille d'exemples où le dauphin tue le roi pour régner.

Nouveau silence.

– Parfait, dis-je. Eh bien, je vais clore l'instruction de ce dossier.

Le Mammouth, dont l'opération brico-loisir semble achevée, s'avance.

– J' croive qu' mon heure à moi est v'nue ! assure-t-il, péremptoire.

– L'heure de quoi ? demande Blanc.

– D'arrêter l' compteur d' mossieur.

Il s'explique :

– Voiliez-vous, les gars, c't'à présent qu' les choses arrivent aux points cruciaux. C'gus, ça fait des jours qu'on rêve d'y couper les burnes et d' l'empaler su' la grille du Luxembourg. Mais, mauviettes d' l'âme tels qu' j' vous sens, v's' êtes prêts à y ach'ter un manteau fourré pou' l'hiver, pas qu'y prenne froid. N'alors, le Gros Béru qu'est z'un homme just' et fort va châtimenter c't'erreur humaine comme elle' l' mérite. V'z'allez voir, c't'assez plaisant.

Il a tout préparé pour l'accomplissement de son noir projet, Bibendum : des liens, naturellement, sans lesquels rien n'est réalisable de manière confortable. Il saucissonne Blood sur son fauteuil, le dos plaqué au dossier. Une seconde partie de l'entravage consiste à maintenir sa tronche rigoureusement fixe. Ensuite, il va quérir l'appareil qu'il a confectionné à l'écart. Un truc indécis, bizarre, sans utilité apparente.

Le parfait adepte du système « D » pince ce qui subsiste de tarin à Blood.

— Ouv' grand la gueule, bonhomme. Allons ! Plus large qu' ça, feignasse ! Moui ! Ça doit boomer. Montre voir ? Jockey ! N'à présent, j' te place mon engin.

Il enquille dans cette gueule dégarnie et béante la chose réalisée avec le bac à glaçons métallique. Ce n'est ni plus ni moins qu'un ouvre-bouche comme en usent les dentistes pour maintenir la trappe de leurs clilles ouverte.

Tu verrais la Terreur U.S., t'en resterais comme le bandage herniaire de Maurice Druon sur son serviteur muet. Terrible et cocasse à la fois. Tragique, en tout cas !

Le *Dark* et moi suivons, fascinés, les moindres gestes de notre confrère.

Ces préparatifs achevés, le Yéti des comptoirs va délivrer notre prisonnière de la cage à rat qui tant la terrorise. Elle tremble (non : je ne dirai pas « comme une feuille ») comme la pointe de tes seins lorsque je les titille de ma langue.

Le révérend Machopine entrouvre la nasse et coule sa formidable dextre à l'intérieur.

– Tu vas te faire mordre ! lance Jérémie.

– On voye qu' t'as pas été zélevé à Saint-Locdu ! riposte Sa Bedonnance. Moive, les ratons, qu'y soyent laveurs ou non, y m'ont à la bonne.

Effectivement, il se saisit du rongeur, par-derrière, comme un pêcheur de truites, l'index et le pouce formant collier.

– Qu'est-ce que tu maquilles ? balbutié-je, craignant de piger.

Le Gros ne répond pas. Il engage la tête du muridé dans la bouche béante du Ricain, puis pousse l'animal au maximum en direction de sa gorge. Blood vagit de terreur, éructe, libère des spasmes monstrueux.

– Bon gu ! Tu vas rentrer à bout ! fait le bour-reau en comprimant le cul du gaspard.

Il parvient à ses fins sans trop de mal. Dans l'impossibilité où elle se trouve de reculer, la bestiole avance, étouffant le roi de la pègre éta-sunienne.

– Eh bien ! nous y sont ! annonce Alexandre-Benoît en retirant son ouvre-bouche. Ce qu'j'voulais organiser dans la chaglatte à Mam'selle Dolly, j' l'ai fait dans l'clapoir à M'sieur !

Maintenant il utilise la cravate du « patient » pour le bâillonner.

Scène atroce !

Le vieux bandit se trémousse, émet des sons rauques abominables. Il violit ! L'asphyxie jointe à l'horreur causée par son locataire le plonge dans des affres indicibles.

– Il faut faire quelque chose ! éclaté-je.

– C'est fait, rétorque le Valeureux, non sans humour.

Je tire sur la cravate qui muselle le forban, mais rien ne se passe : le rat descend déjà dans ses profondeurs.

34

LA GRANDE PURIFICATION.

Question : le rat va-t-il mourir d'asphyxie, lui aussi ? Probable. C'est un mammifère comme nous, extrêmement semblable même, puisqu'on l'utilise pour des expériences scientifiques à la place des humains.

Le Négus et moi restons là, inertes, glacés d'effroi.

Crimes et châtiments, répété-je.

Mais quels crimes ! Et surtout quels châtiments !

– Nom de Dieu de garce ! clame tout à coup le Mammouth !

On se retourne.

Misère de mon zob ! Mettant à profit notre inattention, Dolly, débarrassée de son parasite, sinon de ses menottes, a mis le feu au salon à l'aide d'un gros briquet de marbre. Je te prie de croire qu'elle a agi rapidos. En un rien de temps tout s'embrase dans cet univers ouatiné. Des flammes d'un mètre dix, mon pote ! Sainte Jeanne d'Arc priez pour nous !

La fille court vers les marches !

– Halte ! hurle Béru-l'omniprésent en défouraillant, car chez lui, sommations et exécution sont synchrones.

Touchée, la gueuse s'écroule. Ne nous reste plus qu'à franchir le rideau de flammes en déplorant de n'être point ignifugés.

Parvenus sur le pont, nous nous entréteignons avec nos vestes. Puis franchissons la passerelle pour gagner le quai où les clodos nous regardent, ahuris.

Constatations :

La tignasse de Jérémie a cramé presque entièrement.

Un début d'incendie s'est déclaré à la braguette d'Alexandrovitch-Benito.

Pour ma part, je n'ai laissé que mon veston en cachemire dans l'aventure.

Quand je te répète que le Seigneur me fait des fleurs !

Lorsque les pompiers s'annoncent, la somptueuse péniche n'est plus qu'un brûlot illuminant le pont Mirabeau sous lequel...

ÉPIGONE

Quelques jours plus tard, nous sommes dans l'avion pour Stockholm, m'man, les Blanc et moi. On va voir Antoinette.

Jérémie et Ramadé passeront seulement le week-end, mais nous comptons bien y séjourner davantage, ma vieille et moi.

Si je sais m'y prendre avec Marie-Marie, on pourra peut-être envisager un retour général en France. Simple affaire sexuelle, moi je dis. Tu connais les dames?

Félicie est assise au côté de la gentille Noirpiote, devant nous. Malgré toutes mes adjurations, Salami a été obligé de voyager dans la soute. Mais enfin, le voyage n'est pas long!

Blanc me demande, tout en lookant les nues par le hublot :

– Pourquoi n'as-tu pas signalé la fosse aux cadavres du château dans le rapport?

Je libère un rire aigrelet.

– Tu ne t'en doutes pas ?

Silence embarrassé de mon ami.

– Peut-être, convient-il.

Comme je ne moufte plus, il fait :

– Comment as-tu su ?

– Après que nous avons emmené Ramadé et la petite à l'hosto, tu t'es très vite éclipsé. Tu es revenu beaucoup plus tard avec un drôle d'air. J'ai compris que tu étais retourné chercher le gourou et l'avais flanqué dans le charnier pour qu'il expie. Juste ?

– Sans bavures, chef !

Il ajoute :

– Je lui ai laissé une lampe électrique afin qu'il puisse mesurer à loisir l'horreur de sa situation. Dégueulasse, non ?

– C'est TON problème, poncepilaté-je.

MORCEAUX CHOISIS

Ironiques, insolentes, cinglantes, corrosives,
cruelles, paillardes ou hilarantes,
les réflexions de San-Antonio vous feront
pleurer de rire ou grincer des dents.

Déjà parus :

1. Réflexions énamourées sur les femmes
2. Réflexions pointées sur le sexe
3. Réflexions poivrées sur la jactance
4. Réflexions appuyées sur la connerie
5. Réflexions sur les gens de chez nous
   et d'ailleurs
6. Réflexions passionnées sur l'amour
7. Réflexions branlantes sur la philosophie
8. Réflexions croustillantes sur nos semblables

A paraître :

9. Réflexions définitives sur l'au-delà
10. Réflexions jubilatoires sur l'existence
11. Réflexions terre à terre sur Dieu
12. Réflexions sans concession sur l'humanité

San-Antonio : mode d'emploi

Un guide de lecture inédit élaboré
par Raymond Milési

REMONTEZ LE FLEUVE
AVEC LE COMMISSAIRE SAN-ANTONIO

La première aventure du commissaire San-Antonio est parue en 1949. Peu à peu, ce personnage au punch et à la sincérité extraordinaires, a pris dans le cœur des lecteurs de tous âges une place si importante qu'on peut parler à son sujet de véritable *phénomène.* Qu'il s'agisse de son exceptionnel succès dans l'édition ou de l'enthousiasme qu'il provoque, on est en droit de le situer – et de loin – au premier rang des « héros littéraires » de notre pays.

1. Bibliographie des aventures de San-Antonio

A) La série

Aujourd'hui, la série est disponible dans une collection appelée « *San-Antonio* », **avec une numérotation qui ne tient pas compte – pour une bonne partie –, de l'ordre originel des parutions.** C'est également cette numérotation qui est proposée, depuis 1997, dans la liste présente au début de tous les San-Antonio. La bibliographie ci-après est rétablie dans son ordre *chronologique,* respectant les dates de parutions.

Toutefois, le numéro **actuel** figure en bonne place après chaque titre. On le trouvera entre parenthèses et en caractères gras, précédé de la mention **S-A**.

• • • • • • •

Le tout premier « San-Antonio », **RÉGLEZ-LUI SON COMPTE**, est paru en 1949, aux éditions Jacquier (Lyon). Le Fleuve Noir a repris cet ouvrage en 1981, dans la collection « *San-Antonio* », **(S-A 107)**. On le retrouvera, à son rang, dans la bibliographie.

• **1950-1972 : la collection « Spécial-Police »**

Après l'année de sortie et le **TITRE**, sont mentionnés la collection d'origine (Spécial-Police, avec le numéro jadis attribué au livre dans cette collection), puis le numéro actuel **(S-A)**. O.C. signale que le titre a été réédité dans les Œuvres complètes – volumes reliés comportant chacun 4 ou 5 romans –, le numéro du tome étant précisé en chiffres romains.

1950 **LAISSEZ TOMBER LA FILLE**
Spécial-Police 11 – **(S-A 43)** – O.C. III

1951 **LES SOURIS ONT LA PEAU TENDRE**
Spécial-Police 19 – **(S-A 44)** – O.C. II

1952 **MES HOMMAGES À LA DONZELLE**
Spécial-Police 30 – **(S-A 45)** – O.C. X

1953 **DU PLOMB DANS LES TRIPES**
Spécial-Police 35 – **(S-A 47)** – O.C. XII

1953 **DES DRAGÉES SANS BAPTÊME**
Spécial-Police 38 – **(S-A 48)** – O.C. IV

1953 **DES CLIENTES POUR LA MORGUE**
Spécial-Police 40 – **(S-A 49)** – O.C. VI

1953 **DESCENDEZ-LE À LA PROCHAINE**
Spécial-Police 43 – **(S-A 50)** – O.C. VII

• **1973-1979 : la collection « San-Antonio », numérotation anachronique.**

En 1973 débute la collection « *San-Antonio* ». Désormais, tous les romans y paraîtront. De 1973 à 1979, les 78 titres précédents sont republiés sous leur nouvelle numérotation, entrecoupés des 21 inédits suivants. Les numéros affichés – *et qui figurent aujourd'hui sur les livres* –, se poursuivent donc de manière anachronique. On les trouve toujours ci-après précédés de **S-A**.

1978 **VOL AU-DESSUS D'UN LIT DE COCU**
(S-A 82) – O.C. XX

1978 **SI MA TANTE EN AVAIT**
(S-A 85) – O.C. XXI

1978 **FAIS-MOI DES CHOSES**
(S-A 91) – O.C. XXI

1978 **VIENS AVEC TON CIERGE**
(S-A 95) – O.C. XXI

1979 **MON CULTE SUR LA COMMODE**
(S-A 98) – O.C. XXI

● **1979-1999 : la collection « *San-Antonio* », numérotation chronologique.**

Toutes les rééditions sont à présent numérotées de **1** à **99** dans la collection « San-Antonio ». À partir du **100ᵉ** roman ci-dessous, la numérotation affichée sur les ouvrages – *disponibles aujourd'hui* –, coïncide avec l'ordre chronologique.

1979 **TIRE-M'EN DEUX, C'EST POUR OFFRIR**
(S-A 100) – O.C. XXII

1980 **À PRENDRE OU À LÉCHER**
(S-A 101) – O.C. XXII

1980 **BAISE-BALL À LA BAULE**
(S-A 102) – O.C. XXII

1980 **MEURS PAS, ON A DU MONDE**
(S-A 103) – O.C. XXII

1980 **TARTE À LA CRÈME STORY**
(S-A 104) – O.C. XXIII

1981 **ON LIQUIDE ET ON S'EN VA**
(S-A 105) – O.C. XXIII

1981 **CHAMPAGNE POUR TOUT LE MONDE!**
(S-A 106) – O.C. XXIII

1981 **RÉGLEZ-LUI SON COMPTE!**
(S-A 107) (reprise au Fleuve Noir du tout premier « San-Antonio »
paru en 1949) – O.C. XXIV

1982 **LA PUTE ENCHANTÉE**
(S-A 108) – O.C. XXIII

1982 **BOUGE TON PIED QUE JE VOIE LA MER**
(S-A 109) – O.C. XXIV

1982 **L'ANNÉE DE LA MOULE**
(S-A 110) – O.C. XXIV

1982 **DU BOIS DONT ON FAIT LES PIPES**
(S-A 111) – O.C. XXIV

1983 **VA DONC M'ATTENDRE CHEZ PLUMEAU**
(S-A 112) – O.C. XXV

1983 **MORPION CIRCUS**
(S-A 113) – O.C. XXV

1983 **REMOUILLE-MOI LA COMPRESSE**
(S-A 114) – O.C. XXV

1983 **SI MAMAN ME VOYAIT**
(S-A 115) – O.C. XXV

1984 **DES GONZESSES COMME S'IL EN PLEUVAIT**
(S-A 116) – O.C. XXVI

1984 **LES DEUX OREILLES ET LA QUEUE**
(S-A 117) – O.C. XXVI

1984 **PLEINS FEUX SUR LE TUTU**
(S-A 118) – O.C. XXVI

1985 **LAISSEZ POUSSER LES ASPERGES**
(S-A 119) – O.C. XXVI

1985 **POISON D'AVRIL, OU LA VIE SEXUELLE DE LILI PUTE**
(S-A 120) – O.C. XXVII

1985 **BACCHANALE CHEZ LA MÈRE TATZI**
(S-A 121) – O.C. XXVII

B) Les Hors-Collection

Huit romans, de format plus imposant que ceux de la « série », sont parus de 1964 à 1976. Tous les originaux aux éditions **FLEUVE NOIR,** forts volumes cartonnés jusqu'en 1971, puis brochés.

Ces ouvrages sont de véritables feux d'artifice allumés par la verve de leur auteur. L'humour atteint ici son paroxysme. Bérurier y tient une place « énorme », au point d'en être parfois la vedette !

Remarque importante : outre ces huit volumes, de nombreux autres « Hors-Collection » – originaux ou rééditions de *Frédéric Dard* –, signés **San-Antonio** ont été publiés depuis 1979. Ces livres remarquables, souvent bouleversants *(Faut-il tuer les petits garçons qui ont les mains sur les hanches ?, La vieille qui marchait dans la mer, Le dragon de Cracovie...)* ne concernent pas notre policier de choc et de charme. Sont mentionnés dans les « Hors-Collection » ci-après uniquement les romans dans lesquels figure le **Commissaire San-Antonio** !

L'HISTOIRE DE FRANCE VUE PAR SAN-ANTONIO, 1964 – réédité en 1997 sous le titre **HISTOIRE DE FRANCE**
LE STANDINGE, 1965
BÉRU ET CES DAMES, 1967

LES VACANCES DE BÉRURIER, 1969
BÉRU-BÉRU, 1970
LA SEXUALITÉ, 1971
LES CON, 1973
SI QUEUE-D'ÂNE M'ÉTAIT CONTÉ, 1976 (aventure entièrement vécue et racontée par Bérurier) – réédité en 1998 sous le titre **QUEUE-D'ÂNE**

2. Guide thématique de la série « San-Antonio ».

Les aventures de San-Antonio sont d'une telle richesse que toute tentative pour les classifier ne prêterait – au mieux – qu'à sourire si l'on devait s'en tenir là. Une mise en schéma d'une telle œuvre n'a d'intérêt que comme jalon, à dépasser d'urgence pour aller voir « sur place ». Comment rendre compte d'une explosion permanente ? Ce petit guide thématique n'est donc qu'une « approche » partielle, réductrice, observation d'une constellation par le tout petit bout de la lorgnette. San-Antonio, on ne peut le connaître qu'en le lisant, tout entier, en allant se regarder soi-même dans le miroir qu'il nous tend, le cœur et les yeux grands ouverts.

Dans les 171 romans numérotés parus jusqu'à fin 1998 au Fleuve Noir, on peut dénombrer, en simplifiant à l'extrême, 10 types de récits différents. Bien entendu, les sujets annexes abondent ! C'est pourquoi seul a été relevé ce qu'on peut estimer comme le thème « principal » de chaque livre.

Le procédé vaut ce qu'il vaut, n'oublions pas que « simplifier c'est fausser ». Mais il permet – en gros, en très gros ! – de savoir de quoi parlent les *San-Antonio,* sur le plan « polar ». J'insiste : gardons à l'esprit que là n'est pas le plus important. *Le plus important, c'est ce qui se passe entre le lecteur et l'auteur, et qu'on ne pourra jamais classer dans telle ou telle catégorie.*

Mode d'emploi

Comme il serait beaucoup trop long de reprendre tous les titres, seuls leurs *numéros* sont indiqués sous chaque rubrique. Ce sont les numéros de l'*actuelle* collection « San-Antonio », c'est pourquoi ils sont tous précédés de S-A.

Néanmoins, ils sont chaque fois rangés dans l'ordre chronologique des parutions : du plus ancien roman au plus récent (comme dans la Bibliographie).

Rappel : pour retrouver un titre à partir de ces numéros, il suffit de consulter la liste qui vous est proposée au début de chaque San-Antonio depuis 1997.

A. Aventures de guerre, ou faisant suite à la guerre.

Pendant le conflit 39-45, San-Antonio est l'as des *Services Secrets*. Résistance, sabotages, chasse aux espions avec actions d'éclat. On plonge ici dans la « guerre secrète ».

 → S-A **107** (reprise du tout premier roman de 1949)
• S-A **43** • S-A **44** • S-A **47**

Dans les années d'après-guerre, le commissaire poursuit un temps son activité au parfum de contre-espionnage (espions à identifier, anciens « collabos », règlements de comptes, criminels de guerre, trésors de guerre). Ce thème connaît certains prolongements, bien des années plus tard.

 → S-A **45** • S-A **50** • S-A **63** • S-A **68** • S-A **78**

B. Lutte acharnée contre anciens (ou néo-) nazis.

La guerre n'est plus du tout le « motif » de ces aventures, même si l'enquête oppose en général San-Antonio à d'anciens nazis, avec un fréquent *mystère à élucider*. C'est pourquoi il était plus clair d'ouvrir une nouvelle rubrique. Les ennemis ont changé d'identité et refont surface, animés de noires intentions ; à moins qu'il s'agisse de néo-nazis, tout aussi malfaisants.

 → S-A **54** • S-A **58** • S-A **59** • S-A **38** • S-A **92** • S-A **93**
• S-A **42** • S-A **123** • S-A **151**

C. San-Antonio opposé à de dangereux trafiquants.

Le plus souvent en mission à l'étranger, San-Antonio risque sa vie pour venir à bout d'individus ou réseaux qui s'enrichissent dans le trafic de la drogue, des armes, des diamants... Les aventures démarrent pour une autre raison puis le trafic est découvert et San-Antonio se lance dans la bagarre.

→ S-A **3** • S-A **65** • S-A **67** • S-A **18** • S-A **14** • S-A **110** • S-A **159**

D. San-Antonio contre des sociétés secrètes : un homme traqué !

De puissantes organisations ne reculent devant rien pour conquérir pouvoir et richesse : *Mafia* (affrontée par ailleurs de manière « secondaire ») ou *sociétés secrètes* asiatiques. Elles feront de notre héros un homme traqué, seul contre tous. Il ne s'en sortira qu'en déployant des trésors d'ingéniosité et de courage.

→ S-A **51** • S-A **138** • S-A **144** • S-A **160** • S-A **170** • S-A **171**

Certains réseaux internationaux visent moins le profit que le chaos universel. San-Antonio doit alors défier lors d'aventures échevelées des groupes *terroristes* qui cherchent à dominer le monde. Frissons garantis !

→ S-A **34** • S-A **85** • S-A **103** • S-A **108**

E. Aventures *personnelles* : épreuves physiques et morales.

Meurtri dans sa chair et ses sentiments, San-Antonio doit *s'arracher à des pièges mortels.* Sa « personne » – quelquefois sa famille, ses amis –, est ici directement visée par des individus pervers et obstinés. Jeté aux enfers, il remonte la pente et nous partageons ses tourments. C'est sans doute la raison pour laquelle plusieurs de ces romans prennent rang de *chefs-d'œuvre.* Bien souvent, le lecteur en sort laminé par les émotions éprouvées, ayant tout vécu de l'intérieur !

→ S-A **61** • S-A **70** • S-A **86** • S-A **27** • S-A **97** • S-A **36**
• S-A **111** • S-A **122** • S-A **131** • S-A **132** • S-A **139**
• S-A **140**

F. À la poursuite de voleurs ou de meurtriers (thème le plus copieux).

Pour autant, on peut rarement parler de polars « classiques ».
Ce sont clairement des *enquêtes,* mais à la manière de San-Antonio !

• **Enquêtes « centrées » sur le vol ou l'escroquerie.**

Les meurtres n'y manquent pas, mais l'affaire tourne toujours autour d'un vol (parfois chantage, ou fausse monnaie...).
Peu à peu, l'étau se resserre autour des malfaiteurs, que San-Antonio, aux méthodes « risquées », finit par ramener dans ses filets grâce à son cerveau, ses poings et ses adjoints.

→ S-A **2** • S-A **62** • S-A **73** • S-A **80** • S-A **10** • S-A **25**
• S-A **90** • S-A **113** • S-A **149**

• **Enquêtes « centrées » sur le meurtre.**

A l'inverse, ces aventures ont le meurtre pour fil conducteur.
San-Antonio doit démêler l'écheveau et mettre la main sur le coupable, en échappant bien des fois à la mort. Vol et chantage sont d'actualité, mais au second plan.

→ S-A **55** • S-A **8** • S-A **76** • S-A **9** • S-A **5** • S-A **81**
• S-A **83** • S-A **84** 3 S-A **41** • S-A **22** • S-A **23** • S-A **28**
• S-A **35** • S-A **94** • S-A **17** • S-A **26** • S-A **60** • S-A **100**
• S-A **116** • S-A **127** • S-A **128** • S-A **129** • S-A **133**
• S-A **135** • S-A **137** • S-A **143** • S-A **145** • S-A **152**
• S-A **161** • S-A **163**

• (Variante) **Vols ou meurtres** *dans le cadre d'une même famille.*

→ S-A **4** • S-A **7** • S-A **74** • S-A **46** • S-A **91** • S-A **114**
• S-A **141** • S-A **148** • S-A **154** • S-A **165**

G. Affaires d'enlèvements.

Double but à cette *poursuite impitoyable* : retrouver les ravisseurs et préserver les victimes !

→   S-A **56** (porté à l'écran sous le titre « Sale temps pour les mouches »)• S-A **16**• S-A **13**• S-A **19**• S-A **39**• S-A **52** • S-A **118** • S-A **125** • S-A **126** • S-A **136** • S-A **158**

H. Attentats ou complots contre hauts personnages.

Chaque récit tourne autour d'un attentat – visant souvent la sécurité d'un Etat –, que San-Antonio doit à tout prix empêcher, à moins qu'il n'ait pour mission de... l'organiser au service de la France !

→ • S-A **48**• S-A **77**• S-A **11**• S-A **21**• S-A **88**• S-A **96**- • S-A **33** • S-A **95** • S-A **98** • S-A **102** • S-A **106** • S-A **109** • S-A **120** • S-A **124** • S-A **130**

I. Une aiguille dans une botte de foin !

A partir d'indices minuscules, San-Antonio doit *mettre la main sur un individu, une invention, un document* d'un intérêt capital. Chien de chasse infatigable, héroïque, il ira parfois au bout du monde pour dénicher sa proie.

→   S-A **49**• S-A **53**• S-A **57**• S-A **66**• S-A **71**• S-A **72** • S-A **40** • S-A **15** • S-A **12** • S-A **87** • S-A **24** • S-A **29** • S-A **31** • S-A **37** • S-A **89** • S-A **20** • S-A **30** • S-A **69** • S-A **75** • S-A **79** • S-A **82** • S-A **101** • S-A **104** • S-A **105** • S-A **112** • S-A **115** • S-A **117** • S-A **119** • S-A **121** • S-A **134** • S-A **142** • S-A **146** • S-A **147** • S-A **150** • S-A **153** • S-A **156** • S-A **157** • S-A **164** • S-A **166** • S-A **167**

J. Aventures aux thèmes entremêlés.

Quelques récits n'ont pris place – en priorité du moins – dans aucune des rubriques précédentes. Pour ceux-là, le choix aurait été artificiel car aucun des motifs ne se détache du lot : ils s'ajoutent ou s'insèrent l'un dans l'autre. La caractéristique est donc ici *l'accumulation des thèmes*.

SANS OUBLIER...

Voilà répartis en thèmes simplistes *tous* les ouvrages de la série. Mais bien entendu, les préférences de chacun sont multiples. Plus d'un lecteur choisira de s'embarquer dans un San-Antonio pour des raisons fort éloignées de la thématique du polar. Encore heureux ! On dépassera alors le point de vue du spécialiste, pour ranger de nombreux titres sous des bannières différentes. Avec un regard de plus en plus coloré par l'affection.

Note

Contrairement à ce qui précède, certains numéros vont apparaître ici à plusieurs reprises. C'est normal : on peut tout à la fois éclater de rire, pleurer, s'émerveiller, frissonner, s'émouvoir... dans un même San-Antonio !

• *Incursions soudaines dans le fantastique.*

Au cours de certaines affaires, on bascule tout à coup dans une ambiance mystérieuse, avec irruption du « fantastique ». San-Antonio se heurte à des faits *étranges* : sorcellerie, paranormal, envoûtement...

• *Inventions redoutables et matériaux extraordinaires.*

Dans plusieurs romans, le recours à un attirail futuriste entraîne une irruption soudaine de la *science-fiction*. Il arrive même qu'il serve de motif au récit. Voici un échantillon de ces découvertes fabuleuses pour lesquelles on s'entretue :

Objectif fractal (un grain de beauté photographié par satellite !), réduction d'un homme à 25 cm, armée tenue en réserve par cryogénisation, échangeur de personnalité, modificateur de climats, neutraliseur de volonté, lunettes de télépathie, forteresse scientifique édifiée sous la Méditerranée, fragment d'une météorite transformant la matière en glace, appareil à ôter la mémoire, microprocesseur réactivant des cerveaux morts, et j'en passe... !

→ S-A **57** • S-A **12** • S-A **41** • S-A **23** • S-A **34** • S-A **35** • S-A **37** • S-A **89** • S-A **17** • S-A **20** • S-A **30** • S-A **64** • S-A **69** • S-A **75** • S-A **105** • S-A **123** • S-A **129** • S-A **146**

• *Savants fous et terrifiantes expériences humaines.*
→ S-A **30** • S-A **52** • S-A **116** • S-A **127** • S-A **163**

• *Romans « charnière ».*
Sont ainsi désignés les romans où apparaît pour la première fois un nouveau personnage, qui prend définitivement place au côté de San-Antonio.
S-A **45** : Le Vieux (Achille), *en 1952.*
S-A **49** : Bérurier et Félicie (déjà évoquée, mais première apparition physique), *en 1953.*
S-A **53** : Pinaud, *en 1954.*
S-A **37** : Marie-Marie, *en 1968.*
S-A **94** : Toinet (ou Antoine, le fils adoptif de San-Antonio), *en 1971.*
S-A **128** : Jérémie Blanc, *en 1986.*
S-A **168** : Salami, en *1997.*
Mathias, le technicien rouquin, est apparu peu à peu, sous d'autres noms.

• *Bérurier et Pinaud superstars !*
Le Gros, l'Inénarrable, Béru ! est sans conteste le plus brillant « second » du commissaire San-Antonio. Présent dans l'immense majorité des romans, il y déploie souvent une activité débordante. Sans se hisser au même niveau, le doux et subtil Pinaud tient également une place de choix...

- **participation** *importante* **de Bérurier.**
→ S-A **18** • S-A **10** • S-A **11** • S-A **14** • S-A **22** • S-A **88** • S-A **23** • S-A **24** • S-A **27** • S-A **28** • S-A **32** • S-A **34** • S-A **37** • S-A **89** • S-A **90** • S-A **93** • S-A **97** • S-A **1** • S-A **20** • S-A **30** • S-A **33** • S-A **46** • S-A **52** • S-A **75** • S-A **101** • S-A **104** • S-A **109** • S-A **116** • S-A **126** • S-A **145** • S-A **163** • S-A **166**

N'oublions pas les « Hors-Collection », avec notamment *Queue-d'âne* où Bérurier est seul présent de bout en bout.

- **participation** *importante* **de Bérurier** *et* **Pinaud.**
→ S-A **12** • S-A **87** • S-A **25** • S-A **35** • S-A **96** • S-A **105** • S-A **111** • S-A **148** (fait exceptionnel : San-Antonio ne figure pas dans ce roman !) • S-A **156**

- *Marie-Marie, de l'enfant espiègle à la femme mûre.*

Dès son apparition, Marie-Marie a conquis les lecteurs. La fillette malicieuse, la « Musaraigne » éblouissante de *Viva Bertaga* qui devient femme au fil des romans est intervenue dans plusieurs aventures de San-Antonio.

- **Fillette espiègle et débrouillarde :**
→ S-A **37** • S-A **38** • S-A **39** • S-A **92** • S-A **99**

- **Adolescente indépendante et pleine de charme :**
→ S-A **60** • S-A **69** • S-A **85**

- **Belle jeune femme, intelligente et profonde :**
Il ne s'agit parfois que d'apparitions intermittentes.
→ S-A **103** • S-A **111** • S-A **119** • S-A **120** • S-A **131** (où Marie-Marie devient veuve !) • S-A **139** • S-A **140** • S-A **152** (dernière apparition en 1992, pour revenir avec éclat en 1999 : (S.A. **173**).

- *Le rire.*

Passé la première trentaine de romans (et encore !), le **rire** a sa place dans toutes les aventures de San-Antonio, si l'humour, lui, est *partout,* y compris au cœur de la colère, de l'amour et de la dérision. Mais plusieurs aventures atteignent au délire et nous transportent vraiment d'hilarité par endroits. Dans cette catégorie décapante, on conseillera vivement :

→ S-A **10** • S-A **14** • S-A **87** • S-A **88** • S-A **23** • S-A **25** • S-A **2** • S-A **35**

Y ajouter, là encore, tous les « Hors-Collection ». Qui n'a pas lu *L'Histoire de France vue par San-Antonio* ou *Les vacances de Bérurier* n'a pas encore exploité son capital rire ! Des romans souverains contre la morosité, qui devraient être remboursés par la Sécurité Sociale !

• *Grandes épopées planétaires.*

San-Antonio – le plus souvent accompagné de Bérurier –, nous entraîne aux quatre coins de la planète dans des aventures épiques et « colossales ». Humour, périls mortels, action, rebondissements.

→ S-A **10** • S-A **87** • S-A **88** • S-A **24** • S-A **37** • S-A **89**

• *Les « inoubliables ».*

Je rangerais sous ce titre quelques romans-choc (dont certains ont déjà été cités plusieurs fois, notamment dans les épopées ci-dessus). On tient là des *chefs-d'œuvre,* où l'émotion du lecteur est à son comble. Bien sûr, c'est subjectif, mais quel autre critère adopter pour ce qui relève du coup de cœur ? Lisez-les : vous serez vite convaincus !

→ S-A **61** • S-A **70** • S-A **83** • S-A **10** • S-A **87** • S-A **88** • S-A **24** • S-A **25** • S-A **37** • S-A **111** • S-A **132** • S-A **140**

POUR FINIR...

Il ne reste plus qu'à souhaiter à tous ceux qui découvrent les aventures de San-Antonio (comme je les envie !) des voyages colorés, passionnants, émouvants, trépidants, surprenants, pathétiques, burlesques, magiques, étranges, inattendus ; des séjours enfiévrés ; des rencontres mémorables ; des confidences où l'intime se mêle à l'épopée.

Quant aux autres, ils savent déjà tout ça, n'est-ce pas ?

Ce qui ne les empêche pas de revisiter à tout instant ce monument de la littérature d'évasion, inscrit à notre patrimoine.

Et, comme moi, d'attendre, encore et toujours, le prochain San-Antonio !

Raymond Milési

*Partagez votre passion pour San-Antonio
en jouant avec sa langue inimitable...*

Diffusé par **CABAJOU**° **INTERNATIONAL** *BP 9012 44090 Nantes Cedex 01*

Cet ouvrage a été réalisé par la
SOCIÉTÉ NOUVELLE FIRMIN-DIDOT
Mesnil-sur-l'Estrée
pour le compte des Éditions Fleuve Noir
en septembre 1999

Imprimé en France
Dépôt légal : octobre
N° d'impression : 47654